［日］上远野浩平 著

邢利颉 译

# 海贼岛事件

inside
the apocalypse
castle

by
Kouhei Kadono

台海出版社

U0126107

◇千本櫻文庫◇

文库，原本是指收纳书物的仓库和书库，也指收纳书、记事簿以及非日常物品的小箱子。以前者为例，京滨急行线的"金泽文库站"就是镰仓时代北条氏用来收藏汉书用的，"金泽文库"名称的由来便是如此。东京都的世田谷区也有收藏着珍贵汉书的"静嘉堂文库"。后者多被称为"手文库"。

江户时代以来，可以放入袖袂的小开本图书逐渐流行起来，被称为"袖珍本"。明治三十六年（1903年），富山房发行了小开本的丛书，起名"袖珍名著文库"。随后，明治四十四年（1911年），讲述战国时代的猿飞佐助和雾隐才藏系列故事的讲谈社"立川文库"出版发行。讲谈是一种日本民间艺术，指以口语化的方式讲述历史故事的形式。而"立川文库"则是指由讲谈收录成册并集中出版的丛书，据统计，当时刊行量为200册左右。从那时起，文库就脱离了原本的释意，逐渐演变成了现在的类书集丛。

文库说法借鉴了日本出版界的传统说法。而千本樱源自日本奈良县吉野山樱花盛开的奇景，世人皆用"一目千本樱"来形容樱花美景。千本樱文库的收录作品皆为日系作品，题材包括推理、悬疑、幻想、青春、文化等类型，恰如千本樱满山盛开的绝景。

现代日本，以“文库”命名刊行的丛书系列有200种以上，所谓“文库本”只不过是统称而已。日本传统的文库本常用的是A6尺寸（148mm×105mm），也叫“A6判”。千本樱文库的所有图书将在文库本的基础上提升，达到148mm×210mm的开本标准。追求还原的同时，力图带给读者更清晰的阅读体验。

20世纪70年代以来，日系推理小说逐步进入中国读者的视野。随着时代发展，涌现出了各种不同风格的作家。1997年，上远野浩平带来了一部奇幻与悬疑结合的作品《不吉波普不笑》。该作不仅获得了“第四回电击游戏小说大奖”与“电击文库发行量最高之作”的荣誉，更是奠定了轻小说热潮的基础，并对西尾维新、奈须蘑菇等知名作家产生了深远影响。对上远野浩平而言，与名作“不吉波普”系列有着平行世界关系的便是“战地调停士”系列。

《海贼岛事件》是“战地调停士”系列的第三部作品，由风之骑士、战地调停士与女战士组成的初代主角团再度回归。此次，他们将兵分两路，联手解决高塔密室命案的同时，深入海贼岛的核心谜团。一场即将改写世界命运的豪赌，诚邀各位读者共同参与。

千本樱文库编辑部

# RENAISSANCE OF LIGHT NOVEL

# 轻的文艺复兴

　　轻文艺是介于轻小说与纯文学之间的分类。与轻小说一样，轻文艺较多使用配色浓烈鲜明的背景与人物形象的立绘作为封面。而在内容方面，除了汲取轻小说中"剑与魔法""异能""机械"等常见要素以外，更加注重构筑世界观，合理搭建人物关系，使其充分服务于剧情发展，因此更加具有逻辑性，作品完成度更高，并非只依托于"角色力"。而与纯文学相比，其天马行空的想象力，更受年轻读者喜欢的角色，以及融入流行文化的余味，都充分诠释了"轻"的概念。作为类型文学的重要分支，"轻文艺"不仅体现着文学的功能性，更将娱乐性发挥得淋漓尽致。

　　说到轻文艺的起源，离不开轻小说的发展。21世纪初，轻小说曾经涌现出大量内容丰富的杰出作品，读者群体涵盖甚广，题材百花齐放，文学性与娱乐性都非常高，当时堪称轻小说的"黄金时代"。但随着动画市场的商业化运作愈发成熟，轻小说逐渐受到形象商务与媒介联动的影响，"萌文化"与"角色力"逐渐占据主导地位，如今轻小说的受众群体范围在逐渐缩小。近年，轻文艺的涌现也正是适应了读者的需求与时代的改变。

　　"轻的文艺复兴"旨在再现当初轻小说"黄金时代"的繁荣，遴选当下具有代表性的轻文艺作品，其中既有口碑甚好的名作，也有个性鲜明的新作。宛如文艺复兴运动，将曾经辉煌过的流行文化，推荐给这个时代的读者们。

千本樱文库

以刺向傲慢败者喉头的冤案为饵，

稀世海贼瞄准了一场押上历史的豪赌。

在充斥着欺瞒、谋略与恶意的落日宫深处，

凝固的究极之美摧毁了安宁的假象。

海贼岛事件

# 目录

the man
in picate's
islans　by Kouhei Kadono

『人类总是感慨——即使想要「创新」，却发现其实已有先例。未来总会与现在相似，就如同如今的一切都只是过去的翻版。然而，眼下却出现了所谓的独一无二——前无古人，亦后无来者』。

——摘自《迷雾中的一个真相》

楔　子

让我们把时间调回事件发生的半个世纪之前。

\*

夜晚的港口宛若冰封般冷至冰点，四下鸦雀无声。

"……嗯？"

边境警备员克诺克斯突然察觉到一丝异样，迅速打量起四周。

夜深人静，海面上没有其他航船，此刻，他乘坐的小型哨戒舰正停泊在港湾的正中央。

此处是莫里米那的海港，位于圣波浪兰公国的西方。它规模较小，作用有限，算不上渔港或贸易港，周边也没有大型都市，只是一处未被纳入一般国际航道的偏僻场所。因此，克诺克斯平日里负责的警备工作也相当"无聊"，然而眼下却有些不对劲……

他保持沉默，凝视着黑暗的大海。

见状，克诺克斯在当地雇的助手不禁问道："请问这是咋了？"这人原本是一名渔夫，失业后成为水手。

"我总有一股不妙的预感……"克诺克斯小声嘀咕道。

"俺倒是没啥感觉。"助手高声说着。

可是，克诺克斯仍一脸凝重，细细观察着周围。

事实上，他并不属于这个和平的国度，而是被公派来的魔导战士。他隶属于基于国际条约而成立的边境警备队，实战经验丰富。

"用点火咒符给设备加热。"他下令道。

"这还不到返航回基地的时间嘞。"

助手是个慢性子，没有立刻照做。

"没事，立刻行动。视具体情况，我们可能需要增援。"

"您的意思是……"

"嗯，虽然对方的行动十分隐蔽，但我还是能感觉到有很多人正在集中默念着战斗型的咒语。说不定是海贼来了……"

话一出口，连克诺克斯本人都再次因为这其中的意味而战栗。

最近的海贼已不再是"海上的强盗"那么简单了。几年前，希尔多斯军在战争中败下阵来，其残党却不愿向议会投降，至今仍不断在海上开展军事活动，袭击无辜的非武装船只，掠夺船上的物资，以充军费。而他们的装备和阵势几乎达到了国家军队的水平，根本不是区区一支边境警备小队能够抵抗的。

"海贼不会袭击这种穷港口的啦。"助手还在慢条斯理地抱怨着，语气中没有丝毫紧张感。

"但他们保不准是和黑市商人做了交易，毕竟他们需要买家，不然抢再多宝贝也是白费功夫。"克诺克斯说道，"您是一名经历过战争的勇士，所以有这种直觉吧？"

助手似乎非常惊讶，随即又喃喃自语了起来："俺果然还是得先下手啊……"

听到这话，克诺克斯回头看向他，问道："你说什……"

话音未落，助手就抢先用便携式攻击器对准了他。

——怎么回事？！

疑问在克诺克斯脑中一闪而过，可不等他做出反应，这个伪装成助手的刺客已经朝他射出了魔导冲击波。

突如其来的攻击让克诺克斯束手无策，直接被轰飞了出去。

他一边感受着自己的心脏不再跳动，一边坠入了海面，就这样沉入了冰冷的海水深处……

"……"

"助手"默默地确认了边境警备员——克诺克斯沉海之后，点亮了火把，转身朝向大海。

下一刻，原本平静的海平面上忽然出现了一艘大船。

船上有人使用了海市蜃楼咒语，将己方完全掩藏了起来，借着哨戒舰上的光亮为自己引航，悄无声息地入侵了港口。

接着，几十名男性聚集在港口，等待着大船靠近。

他们的核心人物是一名刚步入老龄阶段的男子，此刻正向站在身侧的消瘦男子询问道："尼逊，事都办妥了吧？"

"是的，都准备好了。"

"别给老夫丢脸啊。"

"我都一一确认过，万事俱备，我们不可能输。"这名叫作"尼逊"的男子冷静地断言道。

此时，监视着海上动向的人员前来汇报："穆甘杜大人，来了！"

"好——"

初老男子点了点头，周围的人也纷纷露出了"得令"的姿态，可见他确实是队伍中的领头人。

他叫作印加·穆甘杜，是这个正在扩张势力的犯罪组织——"杰斯塔尔斯"的首领。

他的脸上密密麻麻地布满了无数刺青。它们本质上都是各种纹章，被注入了抵御攻击与疾病的防护咒语。而他那掩藏在衣物之下的躯体上自然也刻满了此类纹样。

尼逊那张瘦如刀削的脸上却是干干净净的，犀利的眼神与穆甘杜非常相似。

"检查一下'金子'。"

尼逊对部下发出了指令，看来领袖穆甘杜不会亲自下令，而是由身为"二把手"的他代为指挥。

船只驶入了夜晚的港口，停靠在栈桥边，扔下了船锚。

随后，被称作"海贼"的希尔多斯士兵陆续上岸了。他们身穿军服，动作中透露出严明周正的纪律。

"各位——"穆甘杜对着海贼们轻轻挥了挥手，然后问道，"约好的'宝贝'都带来了吗？"

"当然，你们也准备好钱了吧？"一身士官打扮的船长反问了回来。

穆甘杜点头给出了肯定的答复，又对着尼逊扬了扬下巴。

"拿上来！"

尼逊一声令下，安排部下们拿出了装满黄金的袋子。

海贼们接过袋子，随即迅速往后退去。

"宝物呢？快交货。"

穆甘杜发声了，海贼们却齐刷刷地将手中的咒术枪对准了他。

"真遗憾呐，你们也就到此为止了！"

伴着海贼船长的怒喝声，他们全体向穆甘杜一行人发起了进攻，后者倒也机敏，立即跃到掩体后方躲了起来，避过了从枪中射出的雷电和冲击波。

然而，攻势却越发凶猛、无情。

只听得船长仰天大笑："哈哈！你们的钱，我们希尔多斯军就心怀感激地收下啦！能成为我军实现崇高理想的垫脚石，你们就感谢上苍吧！"

"……"

穆甘杜默不作声，看向身边的尼逊。

尼逊感受到首领的视线，心领神会地点了点头，悄声道："一切都在计划之中。"

说时迟那时快，海贼们手中的那袋金币霎时间发生了异变。

一开始，仿佛只是有东西在袋中蠕动；下一秒，袋子就一路膨胀，直到被硬生生撑破。

"什么？！"

海贼们惊呆了，而每一片四散的碎布都兀自化作了怪鸟。

原来，穆甘杜一行人提前在袋子上施加了咒语，一旦交易对象流露出杀意，咒语就会被激活。

"咕嘎嘎嘎嘎嘎！"

怪鸟军团一齐发出啼声，用尖锐的鸟喙和尖利的爪子开始了杀戮。

"哇啊！"

突如其来的威胁让海贼们应接不暇，而刀枪无眼，恐慌之下的反击只会伤及同伴。

结果仅过了不到一分钟，咒语就失效了，怪鸟凭空消失，海贼的尸体也在港口上堆积如山。

这个残酷的下场完全不出穆甘杜一行人所料。

尼逊从掩体后方走了出来，朝着停靠在港口的海贼船喊话道："已经结束了。"

闻言，有几个人从船上探出头来。他们是被迫在海贼手下工作的普通市民，曾因强制征兵而上了"贼船"，战败后依然无法重获自由。

"咒、咒语都消失了吗？"

其中一人怯生生地问道。尼逊点了点头，回答说："既然我们听了你们的愿望，把你们从海贼手里解放出来，你们也会答应我们的要求吧？"

"哦，对对对！我们会把希尔多斯舰队的藏匿地点、防卫态势全都交代清楚。其他船上的人差不多和我们一样，烦透了那些昔日的军官，早就受不了了！"

"也就是说，我们只需要打倒那些军官啊……"

尼逊又一次点着头说话，当然，这并非对对方做解释，而是他确认自己的盘算时的习惯性动作。

穆甘杜也跟着尼逊走到了海贼船前，微笑着说道："照这么看，老夫想要完全并吞他们的战斗力也不费劲啰？真是料不到啊，都这个岁数了才开始掺和'海贼'这个营生。哈哈哈哈哈！"

说着说着，这位老者哈哈大笑了起来，而尼逊只是伴在他的左右，静静地注视着他。十年后，尼逊继承了首领的名号，成为"穆甘杜二世"，支配着整个组织。


总之，他们先是成为世上最庞大、最强悍的海贼集团，圈出了属于自己的领海，不久后又率领无数的贸易公司，拥有了足以对全社会造成实际影响的力量。

以上就是巨型组织"索基马·杰斯塔尔斯"的起点。

*

五十年过去了。

阳光洒落在熙熙攘攘的港口，一派生机勃勃。

二十年前，由于圣波浪兰公国迁都至此，贸易航路自然也受到了影响，出现了相应的变化。来自世界各国的船只都会驶入这里，前往天下各处的船只亦会从这里起航。这个曾经连自治体都算不上，全靠边境警备队保卫的冷清海港，如今已一改前貌，成为全世界屈指可数的著名港口城市之一。

"好，好，再往右边点！"

栈桥上，码头工人们正从一艘军用货轮上卸货，吆喝声、指挥声不断。

"好！停！松开固定器！别突然调到四度啊，小心点，从两度往三度慢慢调！"

指挥人员发出指令，操作员根据指示，将一份包装得严严实实的货物从船上吊起，再缓缓地往地面上送。

尽管以货物的标准来看，它并不大，但体积也远超普通人类，高度相当于两名成年男子的身高之和，其中约有三分之二呈圆柱形，表面包裹着防护布。

它是由戴伊基帝国的官员们运来的。眼下他们正默默地注视着它，眼中流露出恐惧的神色，甚至有人在微微颤抖。

"呼……"负责监督卸货工作的男性官员呼出一口气。

他们才刚来圣波浪兰公国首都的港口，就从戴伊基帝国政府那里收到了一项特殊的任务，指令文件上只有这么一句话：

"把这份货物送到圣波浪兰公国的港口，但不要真的交给对方，等之后再将它原封不动地运回国。"

现下，某桩案件在全世界范围内掀起了滔天巨浪，而这项密令会对它的走向产生极大的影响。

只不过，该如何坚称不能把物品交给对方呢？果然只有"那个说法"了吗……这名来自戴伊基帝国的负责人正琢磨着下一步得怎么办，有人从背后走近了。

来人是两名骑士和一名年轻女性。

那名女性的外貌非常可爱，仿佛还是个少女，但官员们却都在看到她的瞬间变了脸色。

她是这里最有名望的女性，她的名字天下皆知。

像她这般人物，按说不会全程参与货物交易的琐事，可不知为何却出现在了这里……

两名骑士分别从左右两侧将她护得十分周全，她优雅地对那些官员们一挥手，开口道："有劳你们负责搬运工作了。"

"请……请问……"

负责人看起来有些慌乱。他本以为来取货的人和自己一样，只是普通的官员，完全没有料到眼前这一出。

"呵呵。"

女子一边轻笑着，一边朝他们走来。负责人从未见过如此美丽、高雅的女性，这令他大为震惊。他的国家——戴伊基帝国可没有如此窈窕的贵族，他们的身材都更加圆润肥胖。

"是需要我先提供身份证明，才能进行交易吗？"

她半开玩笑的腔调，却让戴伊基的官员们都陷入了不安。

"妾身是——唉，算了，妾身的本名实在长得烦人，连自己都受不了，还是用外界的统称来自我介绍吧。"她停顿了一下，扫视着众人，随后点了点头，"月紫公主——各位或许听过这个名字？"

"当……当然！小人们都知道公主您的大名！"官员们异口同声地答道。

"不过规矩就是规矩，妾身还是证明一下自己的身份好了。"

说着，月紫公主便抬起手来，展示了戴在纤纤玉指上的戒指。那是圣波浪兰公国代代相传的天雷神之戒，比任何文件都更能担保佩戴者的身份。

"不，这……您这样做，太让小的们惶恐了！"

负责人的脸上一阵红、一阵白，煞是精彩。

月紫公主不仅仅是一位公主，现在的她实质上是圣波浪兰公国的摄政王，替代弟弟白鹭真君管理国政，做出最高指示。

"公主，您何必亲自移驾前来——"

面对如此位高权重者，那名负责人已经慌乱到了极点。

"从今夜到明日，这个港口会举行三场通商会谈，机会正好，妾身就过来了。反正这本来就是妾身自家的事，再额外划出人手来参加可不划算。"

说着，她的视线便移到了那份货物上，清澈的美目染上了一丝淡淡的阴霾。

她开口问道："那个用防护布包着的，是我们约好的东西吗？你们就打算这样把夜壬琥公主送回国？"

"公主息怒！这是有理由的！"

负责人想尽办法，打算把密令的内容表达出来："它原本长期滞留在我们戴伊基帝国的同盟国——莫尼·姆里拉境内，而且没有办理过正式的入境手续，因此只得被当作'偷渡'处置，引渡至我国也需要一定的审查时间……"

"嗯，妾身也明白。"月紫公主干脆地点头表示理解，并继续道，"这和妾身的表亲有关，所以是妾身'自家的事'。妾身愿意作为代理人，接受贵国的审查，这才亲自来见各位。"

"这哪使得——"

然而，月紫公主无视了慌张不已的负责人，朝"货物"踏出了一步。

"嗯？"

就在这时，港口的地面一下子发出了"咔吧"声，众人正在疑惑究竟发生了什么，异状便突然出现了。

那是一只鸟头！

是一只有着骇人的锋利尖嘴的战斗鸟怪！

"什么？！"

那名负责人彻底惊呆了，而鸟怪就这样从地面飞向了半空，发出"咕嘎嘎嘎嘎嘎"的怪叫，随即一个高速回旋，直接袭向月紫公主。

刹那间，只听"啪"的一响，鸟怪被弹开了！

月紫公主面前有一道看不见的屏障，鸟怪撞了上来，产生了剧烈的震荡。

与此同时，公主身边的两名骑士一跃而上。剑光一闪，鸟怪瞬间化作齑粉，消失在空中。看来那是一种用魔法咒文合成出来的魔兽。

"……"

月紫公主毫不动摇，对这场突如其来的意外始终平静以待。

她淡然地问身边的骑士："这咒语是什么时候布下的？"

"有些年头了，恐怕是半个世纪前的产物。从现场的痕迹来看，这一带曾经发生过争斗。这个咒语应该是当时留下的，方才对您衣物上的防御咒文起了反应，这才苏醒了过来。"

在挥剑劈中鸟怪的时候，骑士们通过剑锋传来的触感，对咒文进行了解析。

"哎哟，这都是本月第二次了，这世上就没有人类和平共处，不会相互杀戮的净土吗？"月紫公主仰天长叹道。

"……"

在场的官员都陷入了茫然，直到此刻才终于意识到，自己已经被包围了。不仅是跟着月紫公主前来的两名骑士，还有不知何时出现的装甲骑兵，成排地守在了公主的四周，想必原本都靠隐身咒语抹去了自己的行迹。

"一国的最高指挥者果然不可能只带着两名骑士行动啊……"那名负责人心想。

此刻，他终于切身体会到了被骑兵们的矛头所对准的感觉，即使接下来遭到集中攻击亦不足为奇。

"没辙了……单凭我们是保不下'货'的。"他觉得自己绝无可能完成祖国下达的秘密指令，眼下的情况极度凶险，战争一触即发，单靠反复强调"手续不全"是搪塞不过去的。

原来，在刚才的骚乱中，包裹着货物的布料受到波及，掉了下来，露出了其中的诡异物品。

那是一块有常人两倍大的水晶。

它横倒在地，没有人工雕琢的痕迹。如此硕大的水晶价格虽高昂，但毕竟属于"素材"范畴，所蕴含的价值就相当于刚被挖掘出土的大理石。而且晶体中混杂了大量的杂质，看上去雾蒙蒙的，如果放到市场上，就"水晶"的品质而言，大概只能算是二等货。

不过，决定其整体价值的并非占了绝大部分体积的水晶，而是水晶所包裹着的"杂质"——一名美得无法言喻的女性。

她眼眸低垂，眼神中充满了忧郁，令人印象深刻；双目半掩在长长的睫毛之下，似乎不会再次睁大或是合上；樱唇微张，形成了一个微妙的口型，不知是在微笑还是在叹息。总之，她整个人就像是被永远定格在了这一刻。

她的目光是这般神秘，好似看透了世间的一切，又仿佛没有聚焦在任何地方。或许直到世界毁灭，她都会一直被封印在这块巨型的水晶之中，不为任何事物所动。


她就是夜壬琥公主。


当然，她早已没有了呼吸。


*


夜深了，月紫公主来到存放着那块巨型水晶的宝库中。

宝库周围有警备员执勤，守卫森严，可宝库内只有她一人。

水晶反射着微弱的灯光，亮晶晶的，在昏暗的库房里分外显眼。

这里保管着公国的大部分财宝，有比那块水晶更加庞大的雕塑，有比它更为闪耀的宝石，有制法不明但镶工精细得堪比奇迹的精美容器，有天才画家倾注了灵魂而绘制的大作……总之，一切都是独一无二的超一流珍宝。

可是……

月紫公主站在大水晶前沉思着：纵使倾尽这里的宝物，只怕也及不上夜壬琥公主的一半珍贵——毕竟，夜壬琥公主是那样的美丽。

其实，她生前就已是一位绝世美女，而现在的她，甚至比活着的时候更美。

水晶的封裹，让她的遗体成了特别的存在。

世人将它称为"世界第一的秘宝"。这一美誉尽管直白，但兴许已是他们所能做出的最为确切的形容。

"你呀，是那般执着于自己的美貌，结果却永远无法亲眼见到自己最美的模样……真讽刺呢。"月紫公主悄声自语道。

这时，一块布料在她眼前轻轻飘落。

那是一方手帕，上面带有精致的刺绣。

她下意识地看向手帕，就在它落地的一瞬间，她的身旁响起了一个可爱的声音："你弟弟前阵子刚过完生日吧？这是礼物哦！"

她循着声源望去，只见那块大水晶上坐着一个人影。

对方乍看之下只是一名稚嫩的少女，然而总给人一种与外貌不符的精悍之感，犹如一头勇猛的小豹子、一柄锐利而灵便的短剑。

"嗨，好久不见！"

少女露出了爽朗的笑容，打起了招呼。

月紫公主对她的出现并不惊讶，只是稍稍有些在意——这里明明受到了装甲骑兵的严格护卫，每一把门锁上也都设下了能够杀死入侵者的机关，想必这些花费了不少维护费。既然它们起不到作用，那么就该把这笔无效支出给截断。

想到这里，她叹了口气，转而笑着对少女说道："你还是老样子，不管在哪里都会突然跑出来，一点客气都不讲。算了，你是来偷这块大水晶的？有事当然好商量，不过妾身想先去为它买一份保险，不然损失就太大了。"

"哎呀，我该怎么办才好呢？"夏欧露出几分淘气的神情，不过很快又"噗嗤"笑了起来，"好啦好啦，我跟你开玩笑的！不提前发预告就突然偷东西的话，有违我们一族的规矩。更何况——"

说到这里，夏欧低头看向自己身下的水晶，接着道："我总觉得这玩意儿不吉利，还是离远点比较好。"

"'不吉利'……"

月紫公主摇了摇头，又喃喃道："因为她是'凶杀案的被害人'吗？而且……"她露出了苦闷的表情，"她还是死在受到'完全防御'的密室里，案件性质过于恶劣，凶手至今也没有被逮捕。"

"哦，对了对了！就是这件事！"

夏欧"咻"地竖起了手指，解释说："我就是想把这件事告诉你才来的！"

"告诉妾身什么？莫非……莫非是凶手的逃亡地点？"

月紫公主非常惊讶，脸上的烦忧全都消失不见了。

夏欧却摇了摇手指，回答说："准确说来，萨哈连·史奇拉斯塔斯算不上'凶手'，只是嫌疑最大而已。"

"那家伙现在在哪儿？"

这个问题的答案恰恰能够左右当今世上最为紧迫的状况。西大陆上，国土面积排名第一的戴伊基帝国已经向全世界发出呼吁，希望各方协助他们一起找出这名下落不明的"凶手"。

然而，怪盗少女夏欧丝毫不在意事态的严重性，只是简单地答道："在索基马·杰斯塔尔斯。哦，它不是组织的名字，是一个地名。"

这下轮到月紫公主皱眉了。

"索基马·杰斯塔尔斯不是那个有名的'海贼岛'吗？它的支配者——印加·穆甘杜三世也浑身都是谜……"

"它还享有国际条约认可的治外法权哦。"

夏欧又补上了一句，不过这是人尽皆知的常识。月紫公主轻轻地"嗯"了一声，低声念道："确实，它有一句名言——'只要拥有赌资，赌场便会平等地接待所有人，包括罪人'。"

"没错，所以这次他们也接收了那个最可疑的家伙，没有把他推出去。"

"……原来如此。戴伊基军找他找得急红了眼，要是得知这件事，肯定会闹得很大。"

"哪个国家能率先掌握这一连串事件的相关线索，其实很重要吧？"

"反正，不管哪个国家抓住了那家伙，结果都和戴伊基帝国有很大关系。这是可以确定的。"

"就是这样。于是我一得到这个情报，就决定先来告诉你一声。"

"为什么？你们乌兹一族不是和七海联盟签署过秘密条约吗？"

"话是这么说……"夏欧莞尔一笑，"但我们和他们的关系也没那么紧密啦。比如说，我们行动的时机要是被他们知道了，有时候也挺不妙的。可不管怎么说，你都是我的挚友嘛，对吧？摄政王大人。"

"被你这么称呼，真是怪难为情的，是吧？大盗阁下。"

两位少女咯咯笑了起来。

"说回正经的，你们国家和戴伊基帝国的关系也不算密切吧？如果能抢先一步找到那家伙，多少能牵制住他们呢。"夏欧认真地说道。

"你的意思是，妾身可以自由使用这项情报？"

"嗯嗯！当然了，我没想过利用你。实际上，是我没有能用上这项情报的门路，正头疼着呢，所以觉得还是该交给你来办。"

"欸，你可真好意思说啊。"

月紫公主露出了苦笑，但还是点了点头表示接受，并追问道：

"妾身何时可以把消息透露给别人？"

"这个嘛……各国的谍报员也不傻，我估计明天一早就该传遍全世界了。"

"那也没什么好犹豫的了。确实是一项用不上的情报。不过……妾身心里好歹有点数。"

"不愧是明君！"夏欧拍起了巴掌。

"情报费，你开价多少？"

"我想想啊……那就告诉我一个秘密吧！"

"跟你分享秘密吗……感觉以后会让妾身付出沉重的代价啊。但问题应该不大，你要是泄密了，妾身就把你过去的丑事散播给全世界。"

"哎呀，你怎么说这种话？既然如此，到时候我也会把高塔里的月紫公主那隐秘的爱好宣扬出去……"

听到这番话，月紫公主"唰"的一下羞红了脸，开始求饶："不行！只有这个不能说！妾身还是背负着责任的！"

"嘻嘻，那你就好好干嘛！你肯定做得到的！"

夏欧笑了，语气中满是亲昵与诚恳。

这两名少女分别是一国宰相与江洋大盗，可拥有着超常身份的她们，此刻就像是在路边闲聊的闺蜜一般。

"总之谢谢你。以后万一你遇上问题，就直接来找妾身吧。虽然……"

月紫公主顿了一顿，笑着往下说道："虽然妾身很怀疑你至今为止的人生中，到底有没有跟别人客气过？"

"啊哈哈哈哈哈哈哈！你不是知道的吗？"夏欧直接大笑了起来，"嗯，假如我真的摊上麻烦事了，就全靠你啦！"

说着，她又一扬手，那块掉在地上的手帕轻飘飘地浮了起来。

月紫公主朝它看了一眼，等收回视线时，已然不见怪盗少女的身姿，就像是突然消失了一般。

"真是的，老是这么忙忙碌碌的。留着陪妾身喝杯茶多好啊。"

她一边嘀咕着，一边抓住飘在空中的手帕，随后利落地塞进了胸前的口袋中。

接着，她双手用力一拍，重重的击掌声响起，宝库的大门也应声打开，守卫在门边的骑士走了进来。

"殿下有何吩咐？"

"妾身有件急事要办。能立刻和七海联盟取得联络吗？保密等级是'极密'。"

"什……但如果您有需要，属下随时可以发动传信咒语。"

"是通往七海联盟核心部门的咒语吧？绝对不能泄露情报哦。"

"是的，不会出这种差错的。您要和七海联盟谈什么？"

"嗯……妾身稍微欠了他们一点人情，因此想为他们做点什么。比如最早告诉他们某些情报。这样就扯平了。"

月紫公主露出了微笑，进一步指示道："帮妾身联系风之骑士……不对。"她轻轻摇了摇头，又改口道："联系那位……哎呀，妾身只记得那位先生戴着面具，却忘了人家的大名了……他当时好像自称'爱德华兹·希兹沃克斯·马克威斯尔'。对，就是这个名字，把他叫来。天下之大，恐怕只有他能平稳地解决如此错综复杂又千奇百怪的事件了。"

最后，她点点头，肯定了自己的判断。

"我要把线索都告诉那位战地调停士——ED。"

第一章 命案

the man
in pirate's
island

　　"你觉得'背叛'是可以被原谅的行为吗？"

　　父亲对尚且年幼的儿子说出了奇妙的话语。

　　而儿子摇了摇头，结结巴巴地说："'背叛'是不对的。"

　　于是，父亲露出了淡淡的微笑，不过眼神中却没有笑意，他接着问道："那么，你认为什么是'背叛'呢？"

　　儿子表示："'背叛'就是破坏约定，违背誓言。"

　　"原来如此。可是，'约定'又是什么意思？"父亲进一步发问了。

　　这下，儿子有些困惑，但很快便答道："就是在行动之前，先说定的事情。"

　　"但没人能完全预料接下来会发生的事啊。'应该可以''肯定能行'之类的说辞充其量只是'愿望'。比如说，你和别人打架。尽管你自己打算战胜对方，然而'打架'这一行为本身就包括了输掉的可能性。像这种时候，哪怕你与人约定'绝不会输'，可总有一天会吃到败仗。所谓的'把未来纳入考虑'并不意味着在梳理各种可能性后，承诺赢下每一件事。毕竟没人能够永远获胜，失败也是可能的。"

　　父亲的语气很是平静，却蕴含着一股不容反驳的力量。

　　"至于遭到背叛，其实也是同理。问题在于，你是在哪里被人背叛的？对方无法遵守的是何种约定？你得提前预估它们，这样一来，你就不会产生动摇了。"

儿子反问道："这么做的话，是不是被朋友背叛时，也不会陷入烦恼？"

父亲摇了摇头，寂寥地说道："这只是次要的，最重要的问题不在这里。"

儿子又产生了好奇，想要知道父亲口中的"最重要"究竟指什么。

"是能接受自己对自己的背叛。"父亲给出了答案。

儿子再也没有忘记过这句话。

直至父亲去世后，儿子仍始终将这一点铭记在心。

案发地点是"落日宫"。

那是一个用古城改建而成的沙龙，就在莫尼·姆里拉边境附近的一个小国的境内。

它基本上是一所高级酒店，附带住宿服务，各种游乐设施也一应俱全，规模在邻近区域内堪称第一。

而且，它不仅仅是个沙龙。世界各国的贵族、大臣、高官等大人物都会因私事而云集在此，交换国际社会上的内部情报——没错，它实际上是一个大型的地下情报市场。

莫尼·姆里拉的国土狭窄，还比不过大国的一个镇子。之所以能保持独立主权，多亏了它具有深刻的历史意义——英雄人物莫尼·尼的故土。回顾往昔，在魔女之王李·卡兹死后，天下大乱，而救世界于混乱之中的，正是这位莫尼·尼。如此一来，这个小国一旦受到侵略，周边国家念及英雄的恩情，都绝对会做出激烈的反抗，再加上它的国土本就小到无甚价值，因此总算是独立了。

在不知不觉间，这份独立主权孕育出了落日宫这样一个特殊的场所。也正是因为这份特殊性，这里聚集了一些很难留在自己祖国的人物。尽管他们不能算是"逃亡"，不过估计这辈子都无法再次回国了。哪怕是贵族人士，其身份地位也不再有意义，仅仅是拥有足够的钱财，可以让自己在落日宫里优雅地度过余生——当然，他们的心灵是无法得到平静的。

夜壬琥公主就是其中的一员。

*

以下完全是我的一家之言：世事大抵可以分为七类——甜甜的、咸咸的、酸酸的、苦苦的、涩涩的、辣辣的等。划分的标准是它们给人的感觉。

没错，这是一种将味觉的定义延伸到其他领域的结果，非常有趣。比如"甜甜的"人和"咸咸的"人合不来，"甜辣"则是一种左右逢源的味道。而酸味和甜味混合时，只要比例得当，在夏天便非常可口……按照这样的思路，我自然会认为世上的一切都可以用"滋味"来分类。

进一步说，"滋味"不光指味觉，皮肤感觉亦是其重要的组成部分。是的，对"滋味"而言，冷热同样具有重要的作用。因为人总是先感到冷热，再品出味道。

我对她的印象便正是如此。虽然我到现在还不明白她是冷是热，可在分辨出味道之前，我已经受到了冲击。

"——像你这种人，很少见呢。"

这是她对我说的第一句话。

"啊？"

我愣住了。

但这也难怪。毕竟身为平民的我，生平第一次被夜壬琥公主这般出身高贵的美女搭话。

落日宫有三座庭院，这里是最深处的那一座，因此很少有人踏足，比较冷清。我常常会来到这里，只为觅得一份孤独与沉静，完全没料到会被人叫住。

夜壬琥公主似乎并不在意我的状态，只是问我："你来这里做什么？"

"啊？哦，也没有什么特别的，就是来散散步。"我茫然地答道。

她摇了摇头，解释说："唉，我问的不是这个啦，是好奇你为什么会来落日宫。这里可不是你这种气质清爽的人该来的地方哦。"

"气质清爽？是说我吗？"

听到这么奇怪的发言，我很意外。

我审视了一下自己——一个个子不高、满肚子赘肉、没精打采的中年男人。脸也圆滚滚的，双眼眯缝得像两条线，老是被人笑话，问我晚上睡觉的时候哪还有闭眼的余地。对着我这种相貌，即使是客套，也绝对说不出夸赞的话。所以她这句"气质清爽"到底是什么意思？

"嗯，你给人的感觉非常清爽、干净。这是一种美德呢。"

她轻轻地笑出声来，我怀疑她是不是在耍我，可转念一想，这也无妨。反正和这种名闻天下的美女对话的机会实在太难得了。再加上她的表情和声音给我的感觉也不赖，整个人就仿佛处在夹杂着微苦的甘甜之中，而这恰好是我喜欢的味道之一。

"能请教你的大名吗？"

"我叫卡西亚斯·莫罗。向您报上姓名是我的荣幸，夜壬琥公主。"

"你知道我是谁？"

"嗯……"

"因为我很'出名'，是吗？"

"不不，因为您实在是美得不可方物……"

"哦？但你肯定听过关于我的谣言吧？"

确实，落日宫的所有住客都知道这个故事。

夜壬琥公主一直在等一个人。

至少她本人是这么说的。但她等着的究竟是恋人还是支援者就不得而知了。不过她已经在落日宫停留了三年之久，至今没有任何传闻表示，对方曾经出现过。

于是，任谁都怀疑这是她的妄想，抑或是她故意演的一出戏。然而，没人能够解释她为何要装作等人。

"……"

"呵呵。"

看到我的沉默，她依然面带微笑。

"你也和我一样，在这里等人吗？"

我有些吃惊——她猜对了。

"嗯，我也在等人，所以才会来这里。"

"我猜也是，你和对方做了怎样的约定呢？"

"我是来接受面试的。再过不久，负责给我做审查的人就会抵达了。"

"是什么面试呢？"

"工作方面的，我现在待业。"

"哎呀，原来如此。方便告诉我是哪种岗位吗？"

"我以前是厨师，不久前成了给其他厨师供应原材料的贸易商，对方也是在这段时间找上我的……"

说到这里，我有些犹豫，因为那个组织深受部分人群的厌恶。尤其是在贵族之中，很多人看不起他们，认为他们野蛮又可恶。可最终，我还是说了实话："其实，对方是七海联盟。"

"哇啊！"她瞪圆了眼睛，发出感叹，"想要聘用你的居然是七海联盟！那个'无地帝国'！难怪会特地把你叫到这里来，看来是给了你不错的待遇呀，你可真了不起——"

她坦率地表达了自己的佩服之情，语调就像是熟透了的甜蜜果实，不带一丝酸味。这让我有些害羞，赶紧摇头否认道："还不知道能不能通过面试呢。"

所谓"七海联盟"，是拥有世界级影响力的巨型商贸联合组织，也正如她所说，被世人称为"无地帝国"。它原本是由商人们组成的互助机构，旨在遇到灾害时能够相互保护；而如今，他们自身就具备了强大的力量，主办了许多国际会议，让多方签署了停战协议。

"你等的人什么时候到呀？"

"一周后。所以我没必要这么早就过来，可是我已经把身边的各项事务都整顿好了，心想横竖都要等人，在这里逗留一阵子也不坏。毕竟接下来好一段时间都不能放假了，眼下正是个休整的好机会。"

"真是太好了。我等的人也总有一天会到来的吧……"

她的唇边漾着笑意，背后却传来了一个声音："呵，夜壬琥公主，您还在等那个绝不可能出现的幻影啊？"

我回头，只见背后站着一个年轻男子。我知道他是谁，那可是一位知名度不逊于夜壬琥公主的名人。

这个名为萨哈连·史奇拉斯塔斯的男人和我完全相反。

他身材高挑结实，眼睛很大，五官就如雕像般深邃，可以说是深受女性倾慕的俊男。此外，他还是一名才华横溢的艺术家。总之，上天真是赋予了他太多，除了"懂得顾虑他人"的美德。

"我可以断言，您等的人是永远不会来的。您太不切实际了！"

他用通透如歌剧演员的嗓音说道，话语中没有半分犹豫。

"怎么能一味等待呢？像您这样耀眼的女性，根本不适合沉湎在过去！我不知道您在自己的国家到底遭遇了什么，可是您没必要被往事所束缚，应该去寻找新的爱情，迈向新的人生！而且您的新伴侣必须和你同样光芒四射，但请放心，新的可能性已经出现在您的眼前了！"

他厚颜无耻地说着，还向前一步，逼近夜壬琥公主，熟不拘礼地握住了她的玉手，对她眨了眨眼，全然无视了我的存在。

"哎哟，你这是……"

夜壬琥公主依然保持着笑容，只是其中掺杂了辛辣与苦味。不过对方毫无顾忌，把她的手握得更紧了。

"对目前的你而言，那个幻影或许很重要，但每当您因为等不到他而心生迷茫的时候，就请想想我吧！我萨哈连·史奇拉斯塔斯一定会将您从痛苦中拯救出来！"

说完，他就凑上前去，恭敬却毫不客气地亲吻了她的手背，随后便离开，消失在了庭院的栅栏之外。

"那位先生真是古怪。"

夜壬琥公主转向我点了点头，表情中虽然还带着几分不解，不过依然平静安稳，仿佛原谅了对方的无礼。

我不知道该做何反应，而另一方面，却也对史奇拉斯塔斯的厚脸皮产生了些许敬意。

"说真的，我挺吃惊的……不愧是以'不融之冰'而闻名的史奇拉斯塔斯阁下……要不是那样热情的性格，恐怕也创作不出杰出的艺术品吧……"

我刚说完，她就皱起了眉头，问道："'不融之冰'又是什么？"

"哦，是史奇拉斯塔斯阁下最擅长的雕刻艺术，需要用到结晶咒语。虽说每个作品都有独立的名字，但由于那份清透、水灵的感觉，它们被统称为'不融之冰'，全是价值连城的宝物呢。"

"原来他是魔导雕刻家啊……"

她喃喃自语着，好像倍感意外。对此，我心中涌起了一股说不清的奇妙感，落日宫排名第一的名人居然对第二名一无所知……

"他一般都雕刻什么题材的作品？"

"嗯……从精细的人像到抽象的象征性雕像都有，反正他的作品就没有不受世人赞扬的。"我如实说道。尽管不打算无条件地夸奖他，可事实就是事实。

"哦？"

她的眼中闪现出了不可思议的光彩，那是一种由缠人的甜蜜和刺人的辛辣混合而成的复杂风味。看来，她确实对身为艺术家的史奇拉斯塔斯产生了兴趣。

"……"

这时，我有一丝不妙的预感。后来发生的事情证明了我的预感是正确的，它甚至发展成了一场大骚乱，将全世界都牵扯了进来。

夜壬琥公主离开之后，我仍独自留在庭院里。

我坐到长椅上，一边发呆，一边享受微风拂面的感觉以及草木散发出的清香。

突然，一名老者出现了。

他身材清瘦，白色的长发披在肩头，似乎正窥视着我的面庞。黑色的眼罩遮住了他空空如也的左眼眶，给人留下了深刻的印象。

"客人，您是在休息吗？"

我明明睁着眼睛，他却如此问我。像我这种眼睛极小的人，就是会经常遭到诸如此类的误解。

"我醒着呢，经理。"

这位独眼老者正是落日宫的最高负责人——尼托拉·利托拉经理。我刚入住时，他就来和我打过招呼了。

"吵醒您了吗？真抱歉。"

"我一开始就没睡啊，这副小眼睛是天生的。"

听我这么说，他嘿嘿地笑了。

"人就是有各自的特征。比如说，明明睁着眼睛，在别人看来却是闭着的……哎呀，客人您也真是坏心眼。"

这夸张的语气令我有些纳闷，老者说完便坐到了我边上，冲我点了点头，继续道："我完全没注意到，原来您是七海联盟的人呐……"

"……"

我一时语塞。看来他是听到我方才和夜壬琥公主的对话了，只是不知道他究竟躲在哪里。

"八字还没一撇呢，毕竟我还没有成为他们的雇员。"

我否认了他的说法，他又微微地笑了起来，继续缠着我打听，大有不问清楚誓不罢休的感觉。

"为了把您纳入麾下，七海联盟甚至特地安排了面试场地。光凭这一点就看得出您是多么出色的人才，绝非泛泛之辈，不是吗？真希望能尽快结交上七海联盟的人啊。唉，好多有着贵族身份的客人都小瞧他们，觉得他们只是一群凑在一起的商人……"尼托拉耸了耸肩，"可明明七海联盟必定会渗透到全世界，不管是雅士云集的上流社会，还是充满犯罪的地下社会……您觉得呢？"

"……"

我从他的话中听出了一些无法用三言两语说清的感受，就像刺激性强烈的酸味和苦味。

而我也已经知道了自己如此判断的根据。

"照这么说，经理您才是吧？您的打扮太醒目了，已经显得有些刻意了，但这里的住客肯定都坚信这只是一种'打扮'——"我指了指他的眼罩，接着沉稳地说道，"一般情况下，它相当于是'海贼'的标志物，很多人仅仅把它作为配饰。可对您而言，它确实就象征着'海贼'吧？"

尼托拉·利托拉的表情略微收紧了一下，可很快又恢复了镇定，不见丝毫动摇。

他冲我笑了笑，问道："被您识破了啊，我倒也不意外，毕竟您是七海联盟的骨干候选人呢。您猜得不错，我确实当过一阵子海贼。不过如您所见，我已经改行，回到陆地上了。话说回来，您是怎么看出来的？"

"您右手手腕上有个刺青。"

我指向那个刺青。它藏在尼托拉的袖子里，很难被发现。

"希尔多斯的海军士官必须刺上这个纹章。当年穆甘杜一世干掉了希尔多斯的海军指挥官们，把整个军队都抢到自己麾下。您保留着这个刺青，却没被他的海贼组织杀死，这就说明您也是他们的伙伴，甚至是您自己率先加入他们的。我没说错吧？"

"正是如此！您年纪不大，没想到居然知道这个纹章……真是见多识广！"

"我因为生意的关系，认识很多捕鱼技术高超的渔夫，他们帮我捕来上好的鱼，还非常了解海上的往事。"

"嗯？这……原来还有这种事？"

尼托拉看上去有些惊讶，我继续问道："我听说，海贼组织——也就是索基马·杰斯塔尔斯，是以严格而著称的。您在其中居于何种地位呢？"

"哈哈，'严格'吗……"

这位老者的表情带着几分酸涩，近似于苦笑。

"和'严格'还是不太一样的……总之啊，组织根本不许我们这些下级海贼接近高层，您也听过一些关于现任首领——印加·穆甘杜三世的传闻吧……"

"嗯，据说他的真面目是个谜，就连副手们都没见过他的长相。可这应该是世人编出来的娱乐八卦吧？我是无法想象有人能把自己隐藏到这个地步。"

尼托拉·利托拉闻言，静静地摇了摇头，否认道："这是真的。穆甘杜一世死于可疑的怪病，二世是被人暗杀的，所以三世变得非常谨慎。"

"暗杀？"

"嗯，尤其是一世刚去世的那阵子，真是乱成一团啊……"

印加·穆甘杜一世有个女儿，名叫艾丽拉。

她很讨厌自己的父亲，因此也讨厌海贼。

她肆意挥霍着父亲的金钱，到处游玩享乐，仿佛它们用之不尽。

穆甘杜一世也曾忌惮过法律，正儿八经地遵守了"结婚"这一法定形式，迎娶了艾丽拉的母亲，所以艾丽拉是父亲和正妻之间唯一的孩子。后来，穆甘杜一世纳了几十个妾，但没有再生下其他孩子。

艾丽拉几乎不记得母亲，不知道她是去世了，还是因为不再爱自己的恶棍丈夫而选择了远走高飞。当然，也可能是丈夫玩腻了她，把她赶走了。

父亲一有机会，就会对她说"你要是个儿子就好了"，简直像是在否认她存在的必要性，这让她十分火大。毕竟没人会乐意听到这种评价，更何况这话中还包含着对女性的蔑视。她由此直觉般地感受到，父亲或许是爱母亲的，所以才娶了她，但从未对她抱有尊重与信赖。

她讨厌父亲，决定漠视父亲的一切，也因此从不问起母亲的事。既然父亲特地不说明白，她才不主动打听呢。

然而，听到父亲的死讯时，艾丽拉还是打心底里觉得懊悔。

这件事是尼逊当面告诉她的。当时，她直接反问道："……你说什么？"

"大小姐，首领——您的父亲去世了。"

尼逊的态度其实有些轻蔑，但还是维持着表面的礼貌恭顺，把消息重复了一遍。

"怎、怎么回事……"

他是她的父亲——穆甘杜一世的左右手，她一直不擅长应付他。

"首领得了重病。"

尼逊的回答十分简单。

"重病？怎么可能？！我三天前还见过他，他当时很精神啊！"

她徒劳地猛摇着脑袋，尼逊却冷静地点了点头，说道："的确，他非常健康，可我只能说——他病逝了。"

他的语气有多么平静，他的话语就有多么可疑。

"……什么意思？"

"大小姐，这世上有些东西是无法用语言来说清的。"

尼逊表面上毫无波澜，连眉毛都不抬一下。

"……我父亲人呢？现在在……"

话未说完，她就闭上了嘴。因为父亲已经去世了，不能再问"人在哪里"，而应该说"遗体在哪里"。

"很遗憾，他生前下了命令，说不许任何人看他的遗体。我也无法给您开特例。"

他的声音很冷淡，艾丽拉不得不产生了某种怀疑，于是脱口而出："父亲他……真的死了吗？"

"若您问的是'首领是否不再存在于这个世界上'，那么，答案是唯一的——他的确不在了。"

这句话在艾丽拉的耳中炸响。

她无言地抬头看向眼前这个不知根底的男人。

他是她父亲捡来的孤儿，当她还是个少女的时候，他就一直在她父亲身边侍奉，是帮忙打点大小事宜并兼任护卫的人员之一。可不知从何时起，他的地位提升了，相当于近身侍从们的组长，再然后，他几乎算得上是她父亲的副官了。尽管当时的他还很年轻，但自他升任起，她便再也无法理解他的心思了。

父亲说什么，他就听什么；父亲让他做什么，他就全部照做；就连父亲没有言明的部分，他都能顺着父亲的想法办妥。他就是这样一个头脑聪明、行事机灵的得力下属。只不过，她有时会怀疑，父亲会不会是把他做的事当成是自己想做的事，真相其实是父亲对他言听计从……

"父亲不见了，那我的人生会变成什么样……"

艾丽拉的声音有些颤抖。

她并没有因为父亲那"无法用语言来说清"的"消失"而深感愤怒，这让她重新意识到，自己果然很讨厌父亲。然而，她好歹是印加·穆甘杜唯一的孩子，她很清楚自己一直安稳地活在父亲那强大的影响力之下。

一旦这份影响力不见了，她会沦落到何等凄惨的境地？

见尼逊还是面无表情，她开口问道："父亲树敌很多吗？"

"是的。"

他的语气冷静得堪称无情。

"我父亲不在了，他的敌人们就会来为难我，是吧？"

"是的。"

"要是这样的话……"她有些说不下去了，可终于还是强撑着把后文挤了出来，"这样的话，我会被他们杀死，对吗？"

"大概吧，因为总有些人希望将穆甘杜的影响力从世界上彻底抹消。"

他的话语声中没有掺杂一丝一毫的感情。

"……"

艾丽拉紧紧盯住眼前的男人。

他无疑是组织目前的"二把手"，如今父亲不在了，由他来继承首领宝座几乎是板上钉钉的事。

"……为什么？你为什么要让我知道自己的处境有多危险？"她反复询问着。

"……"

"我说错了吗？尼逊，没有人可以像你这样，摆脱我父亲的影响力，夺取他的组织。老实讲，最想出手杀了我的人应该是你吧？"——没错！而且说到底，为什么他能比我这个当女儿的更早知道父亲"消失"了呢？

"……"

尼逊没有回答，只是注视着她。

她也索性把话说开了："我父亲是你杀的吧？"

"我——"尼逊没有半点慌张，但同样没有回答她的意思，只是镇定地阐述道，"我原本是个孤儿，不必遵从任何人，从不把杀人当回事，也不关心自己会怎样死掉，因此我什么都不怕。而事实上，我当初之所以会遇到你父亲、接近你父亲，也是收了别人的钱，去刺杀他的。"

他淡淡地讲述着惊人的往事，挑明了自己从一开始就是个背叛者。

"……然后呢？你那时候为什么没有杀了他？"没想到艾丽拉一点都不惊讶，反而平静地追问着后续。

"这个嘛……大致上是因为我认为自己'随时可以杀他'。既然如此，按别人的命令而动手岂不是太愚蠢了？我要亲自决定下手的时机。但其实……我也不太清楚真正的理由。于是，我向他交代了自己真正的立场，他却笑了。"

"啊，我能想象。父亲肯定是这么说的——'这敢情好，你的真实身份会彻底麻痹老夫的敌人，让他们大意起来。老夫必须好好利用你'，没错吧？"

她模仿着父亲的声音和语调。

果然，她非常了解父亲。他有一种天才般的本领，能够从任何事态中找出对自身有利的要素。

尼逊点点头，说道："您基本说中了。接着，我就把雇用我的组织给叫了出来，一举歼灭了他们。也是从那一刻起，我在真正意义上归顺了首领。"

"哟,你这种自由奔放的野孩子,居然沦为了我父亲的棋子。"

她不屑地嘲讽道。

"嗯,那时候,我顿悟了——原来世上不存在任何既定的理由,所以人类才要寻找自己生存的价值。之后,我就只为您的父亲而活。"

他凝视着她,眼神真挚、直率得可怕。

"……我不明白你这么做有什么意义。"

她提出了自己的不解。

他则缓缓地摇着头,说道:"追寻这种事的意义是愚蠢的。因为它本身就毫无意义。"

"……啊?"

"问题在于,'穆甘杜'这个名号今后会怎样。"他的目光牢牢地锁住了她,继续道,"现在有两个问题,第一,您才是穆甘杜首领在世上仅存的血脉,就算我打算靠自己的力量把组织维持下去,我也不可能成为'穆甘杜';第二,您作为穆甘杜唯一的后人,却不具备任何力量。同时,这两个问题绝不矛盾。"

他顿了一顿,点了点头,似乎很认同自己的发言。

"……你想说什么?"

她不想再听他"兜圈子"。

"想必您已经明白我的意思了吧?"尼逊面无表情地反问道。

"……"

她无言以对。

艾丽拉和尼逊，一个是继承了父亲的姓氏，但对父亲毫无亲情可言的女儿，一个是以背叛为前提加入组织的男人，两人一时间相顾无语。

"换句话说，您……"

尼逊率先打破了沉默。

"你是要和我……"

艾丽拉抬起头来，回瞪着对方。

"我就是这么想的。"

尼逊极为果断地肯定了她的问题。这恐怕是世界上最冷淡、最无聊的求婚。

一年后，艾丽拉生下了独子——尔撒，即后来的印加·穆甘杜三世。

\*

当初真想不到尼逊居然没有自立山头，而是继承了穆甘杜的组织。这么做就等于是把穆甘杜一世的敌人也一同"继承"了下来啊——落日宫的经理尼托拉·利托拉又一次如此想着。

当年，流行着一种说法，称一世就是被自己的女婿尼逊所杀，听起来颇具可信性，连尼托拉本人都对尼逊产生了一定的怀疑。

不过，那时可没有人傻到亲自去求证，往后应该也不会有。

但如今尼逊也死了，他的儿子在接过了首领的位置后，甚至藏匿了起来，以避免杀身之祸，并且一直躲到了现在——尼托拉仍沉浸在思考之中。

他曾经背叛了希尔多斯军，又在尼逊死后主动放弃了海贼组织中的地位，人生经历可谓相当丰富。那些往事迫使他感受到了某些缠绕在追权逐力者身上的东西——一些类似于"宿命"的东西。而拥有"穆甘杜"这个姓氏的人，恐怕会永远背负着这种宿命吧。

"太不容易了……穆甘杜一族的人，一次都没有从那样的困境和宿命里逃出生天啊……嗯，确实如此。"尼托拉对着面前的肥胖男子说道。

这名男子叫作卡西亚斯·莫罗，原本是一位厨师，在不久的将来就会与"七海联盟"这一权势滔天的组织产生密切的关联。

"穆甘杜一族的……宿命？"

我反问向这名独眼的老人，他给出了肯定的回答："是的。他们一族犯下了太多罪孽，也相应地祸事缠身。但要是去问他们本人，他们估计会回答说'我们心里有数'。"

随后，他又慢腾腾地摇了摇头，似乎颇为感慨。

"也就是说，不管是谁用什么形式报复他们，他们随时都甘愿承受？"我问道。

"这倒不是。您看，遇到复仇者的袭击时，他们也会反击；如果能提前得知对方的行动，他们也会抓紧攻打对方，对吧？总之，他们很清楚，世事不可能全顺他们的意，可与此同时又想要操作这个世界，所以早就有遇险的思想准备了。"

他的解释有些难懂，却散发出一种通透的感觉。

我试着提出了新的问题："那么您呢？您也是被他们所掌控的一员吗？"

"唉，我也说不上来。不过从法律角度来看，这座落日宫和穆甘杜一族之间没有任何关系。"

老者笑了。当时的我，觉得他很圆滑，但内心并不平静，就像是苦味中夹杂着呛人的甜腻。

我们又闲聊了一会儿，他说要去给住客们准备晚餐，便离开了。我也准备回自己的客房。

时值黄昏，落日的余晖洒落下来。逆光看去，落日宫的剪影美轮美奂。晚云反射着霞光，呈现出了红色的亮彩，又仿佛被七座尖塔所牵扯一般，变得缥缥缈缈，如丝如缕。这番景致便是落日宫最美丽的样子，也是它得名的理由。

夜壬琥公主住在哪座塔里呢？

我不知为何，突然猜测了起来。据说，即便这里贵族名流荟萃，她依然一枝独秀，占据了某座塔顶，住在最高层的单人房里。那大概是全世界最昂贵的客房，只有被落日宫的主人选中的人，方能有资格入住。

她是一个没有工作的亡命贵族，到底是谁在替她支付住宿费？

我突然意识到这个问题，一边细想，一边从庭院往回走，碰巧遇见了一个男人。

他正独自坐在长椅上，是不久前才出现过的那位艺术家——萨哈连·史奇拉斯塔斯。

"嗯？"

他也注意到了我，便抬起头来，问道："你是刚才那家伙啊？来得正好，我有话想对你说。"

他给人的印象和之前大不一样，一旦脱离了做作的美男姿态，就暴露出了粗枝大叶的本性，语气也完全变了，不像对夜壬琥公主时那般恭敬，似乎完全无视了我比他年长一轮左右的事实。

"你和她认识？"

"'她'？是指夜壬琥公主吗？不认识，我这还是第一次见到她本人呢。"

"那你们为什么那么亲密？你说啊！"

他目露凶光，死瞪着我那肥胖的身躯。

看来，他以为我是来和他抢女人的。

"我们只是聊了点闲话。"我的措辞也直白了起来，随即补充道："我不是贵族，所以很少能见到住在这里的客人，而夜壬琥公主觉得我这样的住客很稀奇，便稍微交谈了几句。"

"你不是贵族？！那你是什么人？"

史奇拉斯塔斯大吃一惊。

"商人，也能当厨师。我暂住在这里是为了等人。"

"哟嗬？你是个商人？那你父母是干什么的？"

"普通的家具工匠，而且他们都已经不在了。"

"祖父母呢？"

"听说我祖父是边境的战士，年纪轻轻便去世了。如果你在意我的家世，那么我可以告诉你，我没有任何特殊背景。"

听我这么说，他的表情明显开朗了起来，大概是意识到了我和夜壬琥公主之间确实存在着实打实的身份差异，觉得不必提防我这种普通百姓。

"原来如此，抱歉……等等，这种情况更不能大意啊，毕竟不懂规矩的家伙多得很，会若无其事地出手抢别人的猎物！"

"……"

我心想，他才是多次和别人的恋人、妻子出轨的浪子吧？但嘴上却什么都没说。毕竟他似乎会把自己的劣迹搁在一边，只对别人的异性关系抱着强烈的嫉妒心。

"她跟你说了什么？"

他追问不休。

"我也不太理解她的意思。她说'气质清爽是一种美德'什么的……可她是高贵的公主，我这种普通人的确不清楚她的想法。"

"'气质清爽'？什么人气质清爽？她喜欢这种类型的男人？"

"这我就不了解了，反正她提了这个词。"

当然，我没交代这其实是她对我的形容。而且我并不知道她到底是不是在夸我。只是我同样不会把这一点告诉眼前这个男人。

不可思议的是，他开始陷入沉思，还自顾自地嘀咕了起来："清爽型啊……可以可以，这下子说不定真的有戏！"

接着，他又慢慢对我露出了一个微妙的假笑。

"哈哈……你的话给我提供了很大参考。看样子，她怎么着都无法理解我的伟大之处，我正在琢磨该怎样让她明白过来，这下总算是找到切入点了。"

你嘴上得意，但别说你的伟大或者别的优势了，你甚至从来没有把自己的真实身份告诉夜壬琥公主吧？她对你的职业、你这个人本身、你的一切都一无所知啊——我默默地想着，可当然不会把这些话说出口，仅仅对他点点头，随意应和了几句。

"你这人，很通情达理嘛。你叫什么？"

"卡西亚斯·莫罗。"

"卡西亚斯，我想请你帮个忙……你看啊，很少有人能像你这样，让她毫无戒心地说话聊天。今后你可以继续把她的事告诉我吗？各种事都行。"

他自顾自地往下说着。我已经报上了自己的姓名，但他好像压根没有意识到，他还未向我做任何自我介绍。

"您这是让我去确认您的求爱成果吗？倘若您直接去问的话，难免显得粗俗，所以必须要有一个中间人来作为缓冲，是吗？"

"你真是个明白人！没错，我就是这个意思！当然了，我不会让你白干的，这个给你。"

他喃喃地吟诵起了某些词句，在我发现那是咒语的同时，我的眼前凭空出现了一块晶莹剔透的东西——那是用魔法合成的水晶。

空气中包含着无数肉眼不可见的小粒子，他能通过咒语将它们聚集起来，凝结成晶体，再进行艺术创作。这就是他身为魔导师的本领，而我不是专门的魔导师，只会用一些皮毛伎俩，比如做菜时的加热咒等。

此外，他的才能还十分特殊。燃烧或冰冻类的魔法本身就不简单，长时间地使用更是难上加难。这是魔法的特征之一。但经他"冻结"住的东西竟然可以历久不变……

我眼睁睁地看着那块水晶变成了一只小小的独角兽，随后掉在了我的掌心里。

它是如此的精雕细琢，要不是在我面前成型，我根本想象不到这是在短短一瞬间就能完工的。

"这个给你，是我们友谊的证明，也是我的一份小小谢礼。"他骄傲地说道。

"谢谢你。"

我没有洁癖，不会刻意拒绝他人的馈赠，因此便坦率地收下了。随后，我问了他一个问题。

"您不打算给夜壬琥公主也送上一份这样的礼物吗？"

这样一来，她就能明白他是艺术家了。

"唉，这对她那样的女士来说，分量太轻了，送了也白送。我要在最关键的时刻，献上一份大礼，一锤定音。你懂的吧？"他答道。

这就等于是在说，我得到的只是一份薄礼。

不过，不用他说我也明白。他刚刚念的咒语很简单，制造出来的肯定是曾做过无数次的批量产品，不会倾注自己的灵魂。可是我并没有刻意提出抗议，只耸了耸肩，总结道："不太懂。因为我在面对女性时真是一点都不自信呢。"

"哈哈哈哈！确实！就你那长相！"

史奇拉斯塔斯大笑了起来。

听到这种话，我也不生气。虽说我以前还常常会单纯因为这种失礼的言行而感到愤怒，如今却早已习惯了，不再把它们当回事。而史奇拉斯塔斯凭借着天生的才能，大概这辈子都是这么随心所欲地活过来的吧。

不过，或许正是由于他这份傲慢且不知谦让的态度，最后才让事态变得非常严重，甚至决定了他的命运……

夜壬琥公主的生活发生了巨变。

尽管她是一位逃亡至落日宫的贵族（实质上相当于被祖国流放了），却还是比这里的任何人都起得更早，每天清晨便在庭院里散步。当天色刚亮，园艺师们前去打理盛放的花儿时，她就已经站在那里，对他们露出微笑。

她只用一杯蔬菜汁当早餐，经常花费整个上午来画画或演奏自己感兴趣的乐器，而且造诣似乎颇深，落日宫里有好几幅装饰画都出自她手，还会定期举办演奏会。

中午时分，她会吃面包、芝士，以及厨师推荐的肉酱等小食量的东西。即便是非同寻常的食物，她也会细细品味，最终得出的感想能为厨师们提供各种参考。我以前当厨师的时候，总是惦记着在一千名客人中，究竟有没有一位会认真品尝我做的菜。这份牵挂已经成为我的习惯，因此我有些羡慕那些为她提供料理并得到反馈意见的厨师们。

午后到傍晚期间，她总是在看书。从戏曲、历史、经济学方面的著作，一直到界面干涉学等艰深难懂的学术典籍，她都一网打尽，涉猎范围非常广泛。

待到暮光降临，她又会去散一会儿步，之后便出现在落日宫例行的晚餐会上。其他客人也基本是在这个时候能有机会和她打照面。

在她的生活之中，最符合贵族身份的就是每晚的晚餐会了，而她又是众人之中最优雅、最有教养的，浑身散发着高贵的气质。和其他贵族不同的是，她经常给人以一种"敏锐"的感觉。

有一次，侍者们端出了一道略显精致的烤菜。它的外皮是酸甜又柔软的奶油，完全没有烧烤之后的焦臭；内馅则是鱼肉，那鲜美的滋味被原封不动地保存下来，并且整道菜都带有一股和谐的风味，唯有将皮和馅一起烤制才会有这种效果。若先烤鱼，后包奶油，两者的味道只会起冲突，绝不可能如此可口。

大家都没有留意到这道菜的奇妙之处，只管边吃边聊，而她仅尝了一下，就发现它非同一般，等再吃几口，便看向了坐在邻座的我，问道："这道菜是怎么做出来的呀？"

我正好具备这方面的知识，于是简单地做了说明："得提前对食材使用咒语。"

"魔法吗？请问，要用到哪种咒语？"

"是让加热咒延迟生效的咒语。一旦用上，燃烧速度就会比平时慢上许多。厨师只需对内馅施加这种咒语，就能使它持续处在加热状态，直至烤出焦痕，同时确保外部的奶油始终柔软。"

这是料理类咒语中的初级内容，不必对外人保密，于是我便揭晓了谜底。她毫不遮掩自己的敬意，似乎充分理解了个中技巧，频频点头，感叹道："咒语的用途真的很丰富呢！"

通常来说，像她这样国色天香的美人，平时肯定被身边的人保护着，而她居然能做到有疑问就当场提出，这完美又周到的姿态从某种意义上来说属实罕见。而且会让旁人觉得，这是她一贯的作风——既不会高高在上，也不会指望他人、依赖他人，一切都靠自己解决。

晚餐过后，她匆匆回房睡觉。考虑到她起得早，这样的就寝习惯也很正常。只是流亡贵族们大多会因为不安而难以入睡，一般都选择喝酒到深夜或召开毫无意义的宴会。

而她回去后，就没人能进入她的房间了。首先，备用钥匙在经理尼托拉·利托拉一个人的手里，别人接触不到；再者，她的房间位于塔顶，必须通过一条旋转楼梯才能抵达，可楼梯底部的大门又会被她提前锁上，因此别说敲门拜访，光是来到她的房门前都不现实。外加这本就是用于保护流亡贵族免遭暗杀的房间之一，所以被施加了周全的防御魔法，足够抵御入侵者或武器的进攻。至于在室内开窗、探出身子等行为虽没任何问题，但试图从外部入侵的话，等待着入侵者的唯有致命的陷阱。至少我不想尝试强行潜入。毕竟她房间下方的庭院中，会不时出现一些鸟类的尸体，死因均为飞近后触发了防御机关。

几乎所有的住客都认为这种客房等同于监牢，很多人会选择直接在沙龙中待到天明，不过她每天都必定会回到自己的房间，无人知晓她究竟如何度过闺中时光。

"我无论如何都想弄清，她独自一人在房里做些什么！"

史奇拉斯塔斯愉快地说着，语气中透着一股执拗。

"睡觉吧？她起那么早，早睡也很正常。"

我淡淡地答道。可他充耳不闻，继续说道："像她那样表面正经的女人，独处的时候会偷偷做一些极度羞耻的事哦。我好想看看她隐藏起来的真面目啊。那肯定能给我带来崭新的艺术构想！"

"您的意思是，您虽然嘴上说想追求她，实际却只把她当成灵感的源泉，不准备'出手'吗？"

听他说什么艺术不艺术的，我心生好奇，他却哼了一声，似乎觉得我问了个蠢问题。

"你在说什么？不'出手'的话，我干吗这么拼命？"

他说得理直气壮，看来低俗的肉体欲望与崇高的艺术追求在他心中早已融为一体、难分难舍。

被这么有名的艺术家委托，讨好他当然有好处。可说真的，即使撇开这一点，我本身也对夜壬琥公主很感兴趣。我并不是"木头人"，要是有机会能与她发生更进一步的关系，我绝对不会放过。

当然，我没有要跟史奇拉斯塔斯竞争的意思。

不论是我肥胖的身材，还是史奇拉斯塔斯英俊的相貌，都和她无关。

因为她很明显在等人。

\*

"那个人肯定会来的。"

但凡被人问起这件事，夜壬琥公主便会给出干脆的回答，可没人知道对方到底是谁。

据说，她之所以被圣波浪兰公国流放，是因为和当时大权在握的摄政将军——真拟利根将军不和。说得更直白一点，是她拒绝了将军的求婚。不过即使是那时候，也从没听过她恋爱的消息。

基于上述理由，大家一开始都以为那是她婉拒求爱时使用的借口，但是她的态度自始至终都没有变化，她等的人亦未出现。结果，她就这样不断支付着不菲的费用，以一种不知是否单身的状态，长期居住在落日宫里。

"我就当您等的人确实存在好了，可他为什么不出现呢？"

史奇拉斯塔斯曾在晚餐会期间，当着众人的面逼问过夜壬琥公主。

"他很快就会来的。"她淡然地答道。

"很快？那么，是明天还是后天？"

他逼近了她，几乎就要碰到她了，可她纹丝不动，面露微笑，波澜不惊地说："快了。"

她的表情是那样的冷静而自信，史奇拉斯塔斯一时语塞，随后咳嗽几声，摆出一副愿意让步的姿态，逼迫却是更甚："他好意思让您苦等这么些年，对这种不老实的男人，您还有什么好顾虑的？为何不干脆甩了他？"

"我没有在顾虑什么。"

"可现在……"

"这不是他的问题，而是我在等他。"

她十分果断。

我的座位和他们稍微有些距离，但仍能听见争论的内容。夜壬琥公主的断言中充满了深刻的觉悟，让我大吃一惊，整个人都微微颤抖了起来。

其他客人们假装毫不在意，实则竖起了耳朵。在听到她那不同寻常的语气之后，也微微沉默了下来。

"为什么？"

只有史奇拉斯塔斯无视了她的态度，想必是无法接受这个世界上居然有他追不到的女人。总之，他有些急了。

"那个人到底为您做了什么，能让您对他这么死心塌地！"

与他的焦躁相反，夜壬琥公主面不改色，镇定自若。

"你总有一天会明白的。任何人都在等待着无可避免的命运。"

她的说辞很是戏剧化，但此处不是舞台，而是日常生活的一隅，这番话便略显陈腐。

"命运？您说'命运'？"不出所料，史奇拉斯塔斯对此嗤之以鼻，"人应该凭借自己的意志去开拓人生，只有穷人才会执着于无聊的偶然，困死在一成不变的乏味生活里。像我们这种被上天选中的人根本不必如此！我们的问题只有如何享受当下！"

他热情激昂，语气充满自信，在普通的年轻姑娘听来或许魅力十足。然而，眼前的夜壬琥公主却始终沉稳，笑靥不改，与他保持着明确的距离。

"你总有一天会明白的。"

她重复了方才的话，声音很是温柔，唯独姿态却像是成熟大人在面对一个磨人耍赖的小孩子。

史奇拉斯塔斯仿佛也感到棘手，摇了摇头，说道："我不想明白。要按这种败北主义者的方式生存，我还不如去死。"

"史奇拉斯塔斯先生，所谓'命运'呀……对了，就和你的雕刻作品一样。"她静静地说道。

"您说什么？这又是什么意思？"

听到自己引以为豪的雕刻艺术被对方引作例子，史奇拉斯塔斯明显有些不快。

"你的那份才能，真的是属于你的东西吗？你能够准确地回想起，自己为得到它而做了哪些努力吗？你就不好奇，为什么你能做到别人力所不及的事吗？"

晚餐会在不知不觉间已经鸦雀无声，她的声音渗入了现场的每一个角落。

她继续道："你说自己是被上天选中之人，上天将天赋赐予你。

其实，这就是你的'命运'。你明明可以不理会天生的才能，却依然不停地使用它，毕竟其他的生存方式没法让你成为'被上天选中'的一分子。那么，所谓'顺应天命'便是如此。无人可以从'命运'的手中获得自由。"

她像在喁喁低语，话中没有一丝犹豫。

"……唔！"

史奇拉斯塔斯噎住了。

他忍不住想要反驳，却说不出话来。

"好了，各位晚安。"

夜壬琥公主优雅地起身回房，而这也是众人最后一次见到她。

"……"

全员都看向了站在原地的史奇拉斯塔斯。

他意识到这些视线，不仅没有缩瑟，反而用力瞪了回去。在座所有人立刻摆出若无其事的表情，继续着原本的谈话。可是他们眼中显然带着嘲讽的神色，在偷笑这位自以为是的艺术家终于遭到了狠狠的反驳。

"……哼！"

史奇拉斯塔斯的脸色忽红忽白，任谁都看得出他正为这份屈辱而怒火沸腾。

三天过去了，夜壬琥公主一直没有出过房间。

她的房间构造特殊，设有两道门，来人需要先通过大门，登上一截旋转楼梯，方可抵达她的房门前。尽管没人知道她在房里做什么，但她在房门口放了一封信，于是落日宫的工作人员按信上的指示，把食物送到她的房门前，一小时后过来，将她摆在原位的餐具收走。因此，她不必与外界发生直接接触，也依然能维持正常生活。

而就在她闭门不出的那阵子，一个男人冒昧造访了落日宫。

落日宫主要采取预约制，且只接待那些经人引荐的客人。然而那个男人没有做任何事前联络，就突然出现在这座沿用了古城设施的沙龙门前。

他蓄着络腮胡，长着两道浓眉，可身材不高，而且可以说异常消瘦。

"不好意思，能帮忙捎句话吗？"他爽朗地对守门的佣兵骑士说道。

"捎话？捎什么话？"

骑士们不觉得对方是可疑分子，但也不能因此放松警惕。他们做好了准备，心想要是这家伙试图入侵，就当场拿下他。

可男人却像是没察觉到骑士严峻的目光，语气更加悠闲了："我想见的人就住在这里，希望你们前去通报一声，告诉她，我来了。"

他果然没有任何想要拼命闯入的苗头。

"你找谁？我得先说明，我不能透露住客的名字。"

"要我报她的本名也行，不过那个名字有些复杂……要不，我说统称好了，你们也是知道的吧？"

他半张脸都被胡子挡住了，可还是对骑士们露出了微笑。仔细一看，他的容貌相当端正，即使蓄着络腮胡，给人的感觉也是温和的，而非冷峻。

"什么？"

他的话让骑士们都想到了同一个人物，他们有些愕然。那位高贵的女士确实有个复杂的本名，大家都用统称来称呼她。这一点和他说的分毫不差。

"我叫基里拉杰，请你们告诉夜壬琥公主，就说我来了。她应该等我很久了。"

他的语气平静极了。

\*

夜壬琥公主的恋人居然真的出现了！

这件事很快便传遍了整个落日宫，所有人都哗然了。夜壬琥公主的确提过好几次"基里拉杰"这个名字。

经理尼托拉·利托拉赶紧去找她，可她的房门紧锁，无论怎么敲门都没有反应。

他隔门喊话，说她的恋人来访，门才总算开了一条缝。

但也仅仅是一条缝。

她好像紧握着门把手，由于门缝太细小，尼托拉看不见她的样子。

接着，一封信从缝里递了出来。

尼托拉下意识接过，门却立刻关上了。他不明就里，决定先打开信封再说。

信纸上的字迹非常潦草，写着她自愿成为基里拉杰的引荐人，不过眼下暂时不能见任何人。

"但是……"尼托拉再次开口，"您得亲眼见见那个来访者，才能确定他是不是您在等的人啊。不然您的引荐是无效的。"

只是，无论他重复多少次，夜壬琥公主都没有作出回应。

——唉，这下没办法了。

尼托拉满脸愁容，从这间位于塔顶的特殊客房回到地面，批准了那个"络腮胡"入内，同时，他仅剩的那只眼睛中充满了威慑力，紧盯着对方说道："夜壬琥公主表示现在不想见你，我会给你在落日宫边角处安排一间客房，但禁止你接近公主的房间，明白吗？"

这番声明里包含着威吓之意。平时的他，总对客人温和恭敬，此刻难得露出了海贼的本性。

"原来如此，看来没办法了，我会遵守您的指示。毕竟我让她等了这么久，要是我自己无须等待，的确不太公平。"

他坦率地点了点头。

这副配合的样子，让尼托拉心中冒起了一股无名火。

他从对方身上感受不到丝毫威胁，但他潜意识中仍旧觉得自己仿佛做了一件无可挽救的事。


落日宫的住客或多或少都有些不能为人所知的经历，既然基里拉杰有引荐人，那么自然不会有人追问他是做什么的，又为什么把恋人扔下了那么些年。毕竟若是被对方反问"你们至今又干了些什么"，他们自己也没法回答。

然而，还是有一个男人无所畏惧，接近了浑身谜团但为人似乎很亲切的基里拉杰，搭话道："你好啊，帅哥。"

基里拉杰在饭厅静静地喝茶，闻言，抬起头来，只见眼前的男子比自己俊俏得多，神色倨傲——原来正是萨哈连·史奇拉斯塔斯。

"您好。"

基里拉杰慢悠悠地应了声，好像没有注意到对方平和的眼神中藏着强烈的憎恶之情。

这副不设防备的样子，让史奇拉斯塔斯不快地"哼"了一声。

"你很有自信啊？"

"怎么说？"

基里拉杰有些摸不着头脑。

"你是怎么把她骗到手的？"

史奇拉斯塔斯语气冰冷，就像是要把听者的神经都冻住一样。

这下，基里拉杰总算感受到来者对自己只有敌意，便微微皱眉，答道："我不知道您对她的话有什么误解，不过事实并不像您说的那样。"

"事实？那你说说什么才是事实！"史奇拉斯塔斯直接逼近了基里拉杰的脸，"你难道有什么独特的过人之处？那我倒是想看看呢！"

他的敌意和嫉妒表露无遗，嘴脸丑陋至极，可完全没有自省的意思。

"……"

基里拉杰沉默了，大概是认为无论说什么都没用。

史奇拉斯塔斯根本不把他的反应当回事，一把抓紧了他的双肩，压低了音量，在他耳边小声说道："……愚弄人也要有个分寸吧！"

随后，他仿佛在嘀咕着什么，声音轻得几不可闻，随即提高了语调，补充了一句："……你也只能趁现在得意了。"

"您到底在说什么？"

基里拉杰正准备挥开他的手，他却已经收回了手，退开了一点。

"等你见到她，就告诉她——我萨哈连·史奇拉斯塔斯不是傻瓜，不会被人小看后还默不作声！"

留下一句威胁之后，他转身离开了。

旁人围观了这一切，原以为他们会大吵一架，甚至决斗，因此对眼下这平淡的收场大失所望。眼见史奇拉斯塔斯满怀着恶意而来，想不到居然这么轻易地放过了对手。

史奇拉斯塔斯看样子已经对基里拉杰没兴趣了，他直接穿过和饭厅相连的大厅，去了设置在一角的酒吧。

"给我一杯米尔西斯酒。"

他和平时一样，开朗地点了一杯中意的饮品。

米尔西斯酒送上来了，他一边品着，一边扫视着大堂，然后扬声招呼道："卡西亚斯！来，我们一起喝一杯！"

我原本还坐在稍远处，不安地观察者他，现在既然被他点名了，无奈只能乖乖过去。

"你刚刚那么威胁他，真的妥当吗？"

"只是跟他打个招呼罢了。"

他满不在乎地答道，接着"咕嘟咕嘟"地把杯中的液体灌入口中，向站在吧台后的酒保点了一杯同样的酒，又转头朝向一直在轻声奏乐的乐队，点了一首曲子。

"请你们演奏《月夜浪摇》。"

我觉得他并不是在故作从容，甚至还有几分莫名的得意。

周围的人都在悄声议论着他此刻的样子，不过他毫不在意。

"呵呵，看看这番情景，真是令人愉快呀。"

他轻声自言自语，还笑眯眯的，围观者们不理解他为何而笑，只感到一阵毛骨悚然。

"抱歉，我还有点事，先走一步。"

我决定赶紧"撤退"。然而，即便我说了要离开的话，他也没朝我看上一眼。明明是他把我叫来的，但好像已经把我忘了。

之后，史奇拉斯塔斯一直在这里待到天亮，许多人都看到了。期间他去了两三次洗手间，每次都很快就回来了。

而基里拉杰喝完便回到了自己的房间，目击者同样很多。只不过谁也没有想到，这也是他最后一次露面。

一直到第二天早上，某件事发生之后，众人才发现基里拉杰不见了。当时尼托拉想把那件事告诉他，却怎么找都找不到人。

然而，落日宫的住客们并没有对他的行踪表示太大的关心，毕竟在更严重的事态面前，大家根本没有那个心思。

"夜壬琥公主，您好——"

一夜过后，经理尼托拉又一次站在了夜壬琥公主的房门前，敲了敲门，而对方也依然没有回应。

于是，他打算直接开口呼唤她，却突然注意到一件事——之前几天，她都会把用过的餐具放在门口，等侍者送来下一餐时一并收走。由于早餐还没送到，自然不会有人收拾昨晚的餐具，它们应该尚在原地才对。但此刻，眼前什么都没有。

"……"

他掏出一张咒符，将它和这间房间的防御咒语同步起来，以确认防御魔法是否还在正常运作。

假如情况有异，或者防御咒语被人强行扭曲了，那么咒符上的部分纹章也会焦黑变形，可此刻它并没有什么变化。即是说，从昨天开始，只有夜壬琥公主一人出入过。


尼托拉沉默了片刻，再次呼唤起夜壬琥公主。

对方依然没有回应。

考虑到苦等许久的恋人终于出现，她心中起了波澜，忽视细节也很正常。餐具或许单纯是她忘了放出来。

但是，尼托拉无论如何都觉得此处透着一丝诡异。

他条件反射般地握住了门把手，而这一瞬间，他总算明白了这份诡异感来自何处。

他愕然失色。

旋转楼梯底部的大门是锁着的，可是这扇房门却没有上锁。

它轻易就被打开了，接着又有一道短短的旋转楼梯，通往公主的房间。他拾级而上，结果看到了某件东西……

若将它展示在美术馆里，在接下来的几个世纪之中，它定会受到成万上亿人的感慨与叹息。

而他，恐怕正是全世界第一个目睹了它的人。

"……"

他一句话都说不出。除了沉默，他找不到任何语言来表达此刻的感情。

它稳稳地居在房间的正中央，像是接受着供奉；周围的一切都摔得乱七八糟、破烂不堪，唯独它安然无恙……不，不对，不管怎么看，它都是整间房里遭破坏最严重的……

没错，"它"就是被封印在一整块水晶内的夜壬琥公主。

她的行动能力被破坏殆尽了。

她将永远留在水晶的内部，而且很明显，人已经死了。

"……"

尼托拉暂时陷入了恍惚之中。他固然能认出眼前的究竟是什么，却完全无法把握现状。

人在平日里经常会觉察到一些异状，并不断积累着此类经验，从而形成一种独特的直觉。然而，这块巨大的水晶和他至今见识过的东西都截然不同，他对此一无所知，"直觉"也丝毫不起作用。但毫无疑问的是，某种强烈的情绪从他的灵魂深处涌起，给他带来了一种近似于晕眩的诡异感。

过了一会儿，他终于不由自主地倾吐出了自己的感受。


"这真是——太美了！"

一旦开口赋予了它"美"的定义，那么相比之下，所有曾被他称赞过的美丽事物也许都将沦为浑浊而模糊的记忆，可目前他的脑海中也只有这么一句感想。

这具倒在房间里的遗体异常唯美，没有任何伤痕或瑕疵，但原本属于它的生命确实已粉碎殆尽。

这间彻头彻尾的密室，没有任何出入口，只有房门开启着。而夜壬琥公主死在了这间防备周全的密室内——并且是被人杀死的。

\*

根据事后调查，有人目击到了萨哈连·史奇拉斯塔斯当时的模样。

证词称，案发那晚，史奇拉斯塔斯整宿都待在酒吧，天亮后终于起身外出，走向夜壬琥公主居住的那座塔，却遇上了工作人员正把某样东西从塔中搬出来。当他看清那是什么时，瞬间变了脸色，转身就跑。

其他人心下好奇，也看向那座塔，发现被搬出来的是一块巨大的水晶。直视之下，他们简直被吓破了胆，等回过神来，整个落日宫里都已经找不到史奇拉斯塔斯的身影了。

毕竟"被害人"的身份太过惊人，众人大受冲击，结果最重要的嫌疑人就这样在众目睽睽之下逃跑了。之后，戴伊基帝国军前来调查，可也晚了一步。守门的骑士汇报称没人出过大门，而落日宫的地盘上亦找不到人，侦破工作陷入了僵局。


"……"

我——卡西亚斯·莫罗也看到了那具"尸体"，不由得产生了一种接近于战栗的感觉，打心底里震惊不已。同时，一个想法突然从我的记忆中冒了出来，能够形容她的死状。

原来如此……

水晶的形状很是复杂，阳光洒在其上，从多个角度折射出了多种色彩，熠熠生辉。缤纷复杂的颜色搭配在一起，却极为和谐统一，毫不脏乱，看起来既强烈鲜艳，又不会过分厚重，总而言之……


——确实十分清爽呢。


我独自一人领悟了这一点。

第二章　包围

the man
in pirate's
island

"造一座岛吧。"

听到新首领这么说，海贼组织的骨干们意外陷入了茫然之中。但成为印加·穆甘杜二世的尼逊毫不在意，接着道："在陆地上设置据点的话，就会和这片土地上的国家发生领土冲突，说不定还会遭到致命的打击。而如果是在海上，其他国家也只能进行间接干涉。有多个国家的领海交界的模糊地带是最理想的，前首领早就在计划这件事了。"

居然把"前首领"搬了出来，可见他的发言都是认真的。骨干们脸色一变，尼逊却不为所动，继续说了下去："我准备在那座岛上开设赌场。不用出入境证明，任何人都能进来，同时也避免结下特定的仇家。如果发生冲突的话，只需让各自的敌人们相互对立就好。"

"赌……赌场？"

"反正我们也没少在船上搞这些吧？现在只是把规模扩大罢了。"

"可是，很多国家都禁止赌博啊，这不是给自己招不必要的恨吗……"

"有些国家之所以禁止赌博，恐怕是因为赌博会导致内乱，也可能是不希望公家经营的赌场受到损失。但不管怎么说，没有任何国家会抓捕去外国赌博的公民；更多的是默许这种行为，让那些不能见光的经费通过赌场'洗'一把，变成可以正常使用的钱。"

尼逊淡淡地叙述着，即使别人反对，他也没有动怒，这下反倒是透出了一股骇人的威严。

不过，还是有个人胆怯地提出了异议："那个……首领啊，我们组织好不容易才壮大起来，如果经营得好，成长为合法的国际组织也不是没可能。在这个关键当口，就算不建大规模的赌场……"

尼逊没有立刻回答，只是慢慢地扫视着各名骨干们。

大家即将承受不住这份沉默的重压，就在这时，尼逊终于开口了："我们是海贼。海贼是干什么的？"

他的问题很唐突，然而大家都答不上来。尼逊也不再等下去，继续道："海贼就是通过不正规的手段，把别人的东西抢来的人。眼下，我们应该从多个国家手中抢来国土。扩大组织之后，走上合法化的道路也许是正确的，但'法'是谁定下的？不错，是国家。而再换个角度看，国家与国家之间有共通的法律吗？"

尼逊并没有提高音量，只是平静地叙述着。

"在某处合法的行为，在其他地方又可能是非法的，像我们这种做海上营生的人，必须时常留意这种问题。也正因此，我们不能把据点设在任何陆地上。即是说，据点的位置不能撞上与即有势力接壤的地方，也不能归属于任何国家或势力，但又要和所有地方都有所关联。只不过……"

他暂停了一下，微微抬眼，看向苍天，轻声总结道："只不过，

我们毕竟是'掠夺'的一方，绝对不能成为'被掠夺'的一方，这才
是海贼。一旦海贼沦为被掠夺的对象，那就彻底完了。"

　　这里叫作索基马·杰斯塔尔斯岛，可严格意义上，它并不是一座岛。

　　建岛者把七艘大型船舶横向排列在一起，用船锚固定住位置，再
在甲板间架起桥梁，连接每一艘船——索基马·杰斯塔尔斯就是这样
一座人工都市。

　　作为"地基"的船舶曾是希尔多斯军赌上国家的威信而建成的
旗舰——"希尔多斯·兰茨"以及它的战斗舰。昔日的军用设备全数
被改造成了娱乐设施，包括赌场、剧场、分别面向男客女客的风月场
所、成瘾性药物馆等，无论合法与否，世上各种类型的娱乐场所在这
里应有尽有。在同种类型的设施之中，不，在全世界的娱乐街之中，
它的规模也稳坐第一。收容的人员足足有十几万人。

　　它位于几国领海线的夹缝之间，作为特例，拥有举世认可的治外
法权，接待着来自各国的观光游客。如今它已经建成三十多年，是世
界上屈指可数的名所之一，盛名传遍天下。

　　穆甘杜一世提出了基本的构想，打下了基础，二世建造了它，现
在由三世支配着它。它可谓是穆甘杜一族奋斗的结晶，世人都称之为
"海贼岛"。

天色微明，渐渐照亮了海平线上的一排重装战舰。

"——他们来了！"

海贼岛上的放哨员忍不住大声叫道。

戴伊基帝国的海军来这里也是早晚的事，只是他没想到对方会突然出动整支舰队，大举进发。

这里号称"对任何人开放"，但既然戴伊基帝国拼上大国的威信也要逮捕杀死夜壬琥公主的嫌疑人——史奇拉斯塔斯，那么，从海贼岛接纳他的那一刻起，眼下的事态其实就已经在预料范围内了。

管理岛务的骨干们正在开会，会议室面积巨大，曾是希尔多斯舰队的司令部。放哨员急急忙忙地赶去报告。

骨干们一起发出了"唔"声，只有一个人仍保持着冷静，反问道："居然派出了舰队……他们还没越过缓冲海域的分界线吧？"

他是赌场的顾问——塔兰多·格奥尔松。

成为海贼之前，他在一国的军中担任参谋官，非常熟悉军队行动时需要办妥哪些手续。

"哦，对！还没呢！不过对方的魔导炮显然已经瞄准了我们！随时都可能开炮！"

放哨员的声音颤抖着，透出了不安。格奥尔松有种苦涩的感觉。现在已经不是"海贼"的时代了，组织的大部分成员都没有乘着海贼船与战舰交战的经历。

"冷静！你忘了吗，我们岛的周围布有重型防御结界，魔导炮怎么打得穿它？只要对方不越过结界，就伤不了我们分毫！"

他大声怒喝，意在让在场所有人都听到。

果然，包括骨干们在内的所有人都被他的气势镇住了，不再说什么。格奥尔松哼出一口气，重新盯着他们，然后问向邻座的人："那家伙怎么样了？"

"按您的指示，把他关在最高级的单人房里，并派人监视。不过他的精神状态好像还是很不稳定，一直在叫唤，又不肯吃饭。"

"他倒是活得轻松，我们甚至无权感到不安！"

格奥尔松气歪了脸，但很快又收敛了情绪，谨慎地叮嘱道："算了，他自杀就麻烦了，记得让下面的人盯紧！"

在场全员都露出了一丝无法形容的不悦，没人同情这个逃到海贼岛上来的艺术家。假如可以用组织一贯的做法来处理，他们早就把他赶出去了，根本不管戴伊基军之后会如何对待他。

可三年前，他们的首领——印加·穆甘杜三世却下令要保护他！既然是首领的命令，属下唯有照做。不然，他们肯定不理这个受到世人厌恶与轻蔑的家伙。

其实谁都不乐意服从这项命令，只是谁也没提出抗议或反对。至少在这座海贼岛上不存在试图抗旨的人。毕竟这里的一切都是……

"……"

会议室里的人们非常紧张。这时，放在一角的魔导交感器发出了"叮铃叮铃"声。

众人困惑地望向格奥尔松。不知何时起，这里的人都变得习惯于等待他的指示。

格奥尔松点点头，对负责操作交感器的人员道："打开回路。"

操作人员迅速执行了命令，只见墙上出现了一名身穿高阶军服的男子的幻影。他朝他们瞥了一眼，看来对方也接收到了此处的影像。

男子目光锐利、面颊消瘦，却长着一张大幅度前凸的下巴，容貌令人印象深刻。但凡对军事稍有兴趣的人，全都认得这张脸。

戴伊基帝国的统合总部执掌着海陆空三军的指挥权，而他正是其幕僚——人称"不动将军"的西比拉尼·特奇拉。

"我军是隶属于戴伊基帝国的第三方面军，萨哈连·史奇拉斯塔斯在我国的盟国——莫尼·姆里拉境内犯下了重罪。如今，我军已经得知他就在你们手里，希望你们能尽快将他引渡至我国。"

西比拉尼的幻影摆出了一副高傲的姿态，单方面发表着宣言，似乎没有任何让步的打算。

众人陷入沉默，格奥尔松回瞪着对方，镇定地说道："我们不太理解您的意思。"

西比拉尼的视线瞬间锁住了格奥尔松，语带讽刺："哦，这不是——由于某些原因而待在海贼老窝的梅尔克诺斯军参谋吗？"

可格奥尔松依然冷静地答道："都是过去的事了。现在我是索基马·杰斯塔尔斯的顾问。"

接着，他进一步发问，"方才，您好像说我们手里有个罪人？这到底是怎么回事？"

"呵呵，装傻也请适可而止。我们得到了确凿的情报，知道那家伙就在这座岛上！"

"您有证据吗？若您拿出证据来，我们倒是能考虑一下您的要求。"

听到格奥尔松沉稳的话语，西比拉尼的眉毛跳了一下，质问道："我可以认为，你这是在拒绝我军的要求吗？"

格奥尔松恳切地回答："我们只是本着道理，给出提议而已。对了，您好像还向我们派出了武装设施。我想您应该很了解，根据《迪济斯条约》，这片海域禁止一切国家军队侵入或驻留。哪怕只有一艘军舰，只要贵军侵犯了这片海域，就会给贵国留下不可磨灭的污点。建议您还是谨慎一些为好。"

"谢谢你的建言。至于那种边境区域的零碎条约……你想亲自来确认一下，它对我们戴伊基帝国而言到底有几分价值吗？"

西比拉尼索性亮明了态度，说出了一番惊人的言论，这明显是在恐吓。然而格奥尔松没有任何动摇，而是回话道："《迪济斯条约》还有其他加盟国，您不妨把这些话也说给他们听听，结果想必会挺有趣的。"

可讽刺的是，他所说的其他加盟国之中，也包括了将他流放的祖国——梅尔克诺斯。

两人仿佛各说各的，毫无交点，就这样交谈了近一小时，彼此都不退半步，结果……

"三天。"西比拉尼终于给出了明确的时限，"除非三天以内把史奇拉斯塔斯交出来，否则我军的舰队就会对你们实施武力压制。"

事实上，这并不是让步，而是有信心能在三天以内办妥手续，让所有签署了《迪济斯条约》的国家认同自己的军事行动。届时，各种内部交易交织在一起，充满了外交性质的判断也将产生，最终，其他国家便会对这些违约行为视若无睹。

"您的意思是，我们之间没有交涉的余地，是吗？"

"我已经给你们考虑的时间了，之后你们自己看着办吧。"

这句话足以让在场所有人屏住呼吸。它实质上相当于宣战布告，表示无论如何发挥海贼岛上的战力，他们都不会改变主意，只会击溃敌手！

但格奥尔松仍试着做最后的抵抗。事后回想，就连他本人都不明白那时为何会说出这种话。当时，他脑中灵光一闪，察觉到了唯一一条突破困境的道路，于是开口道："您是说——不介意我们要求第三方势力来当中间人，负责调停，对吧？"

"……什么？"

"我们希望由未参加《迪济斯条约》的局外人，充当你我之间的桥梁。我们可以这么做吧？"

闻言，西比拉尼露出了不解的表情，似乎不太明白格奥尔松的意思，却依然撂下狠话："你们要是觉得，有人愿意冒着和戴伊基帝国对立的风险来与你们为伍，那请随意！"

语毕，他的幻影也消失了。

会议室彻底沉默了下来，所有人都愣愣地看向格奥尔松。

就在这时，将他们推入这般局面的那个"声音"从天而降。

"干得好啊，塔兰多·格奥尔松。"

听到这个声音的瞬间，全员的脊背一下子绷得笔直。因为他们均发誓过，绝对服从声音的主人。

"你真不愧是在军旅时代也曾登上过顶点的男人。跟你相比，连那个西比拉尼都像白痴一样。"

对方的声音非常平稳、温和，但是在场全员都知道，它能够传到海贼岛的每一个角落。只要他略动心思，就能在一瞬间夺走岛上所有人的性命。

"是属下多事了。"格奥尔松平静地答道。

"不，这样很好。就正式交给你来办吧。"

"明白了。"

"关于这件事，我还想跟你稍微聊聊。其他人可以先出去。"

话音刚落，众人就飞也似的冲出了会议室。

随着一记闷响，沉重的大门关上了。室内只剩下格奥尔松一人。

他怀着紧张的心情，静等着说话声再次响起。

可接下来，不可思议的事情发生了。


砰！


有什么东西拍了一下他的肩膀，吓得他条件反射般地缩起了身子。

不会错的，那是人类手掌的触感。

随后，有个声音在他耳边低语道："塔兰多，我活到现在，从没输过。"

那声音离他太近了，他甚至可以感受到对方的呼吸，而且听起来比方才的天降之声更为年轻，充满了活力。

他不由得扫了一眼，只见有一只手正放在他的肩头，手背上清清楚楚地文满了复杂的魔法纹章。

这是极为强力的护身咒语，出自世界第一的魔导师——尼加斯安格之手。这位伟大的魔导师还称它是自己毕生独一无二的最高杰作。为了保护雇主之子免遭各种暗杀，尼加斯安格在那孩子尚且年幼时，便奉命将护身咒语刺遍了他的全身。而这正是支配者的证明。

格奥尔松哑然，整个人都僵住了。紧挨在他身后的人静静地问道："塔兰多，你是怎么认出我的？"

格奥尔松咽了一口口水，拼命支撑着自己，不要当场晕倒。

没错，要是在倒下时不小心看到了那人的相貌，即使只是短短一瞥，自己也绝对会被杀死。

"……因为，"他用尽力气控制住颤抖的声音，努力答道，"因为您散发出了强大的力量……"

"力量？原来如此。不过嘛，戴伊基帝国的力量比我更强呢，你以前待过的梅尔克诺斯军同样很厉害。强大的力量和更强大的力量会形成敌对关系。你也曾一度手握权力，可那力量护住你了吗？"

"……"

这是格奥尔松最为苦涩的记忆。他在权力斗争中落败，勉强才保住了性命。而原本官至参谋的他，如今也不过是梅尔克诺斯军的"逃兵"罢了。

"我活到现在，从没输过，你知道是为什么吗？因为啊，我一直都避免和强于自己的人战斗，一直都不赌自己的运气。我们或许有一定的力量，但遇到今天这种非常事态，使用力量只会和戴伊基帝国产生对立。你好像非常熟悉这类情况，因此找第三方来调停，确实是个好主意。"

他的声音静如止水，和动摇至极的格奥尔松完全相反。

"……啊？"

格奥尔松一时间反应不过来。

"但是，还有一个重要的问题——接下来该怎么办？你有法子吗？"

这下，格奥尔松当然明白了对方的意思，便说明道："您是指，找谁做这个'第三方'是吧？说实话，戴伊基帝国并不重视我的提案，我想，是因为他们认为不会有人愿意接下这桩麻烦事。"

"没错。这对第三方而言，本质上就是一场危险的赌博。办成的话，在我们索基马·杰斯塔尔斯和戴伊基帝国都能得到很大的发言权，可要是失败，那么势必会被世人看作是无能之辈。这样一来，你还有合适的人选吗？"

格奥尔松没法立刻回答上来，只是深呼吸了一次，接着说道："我不久前还是个彻头彻尾的输家，尽管海贼岛将我作为顾问招揽过来，但我沉湎在过去从军的日子里，每天都过得闷闷不乐。"

这从某种意义上来说，可以算是很严肃的自白了——原来，他之前一直厌恶着海贼。

而对方只是简单地附和了一句"我知道"。

格奥尔松又往下说道："然而，我和一个人赌了一场，于是一切都改变了。虽然从结果上看，我赌赢了，不过我打心底里明白，自己彻底输了，而对方丝毫没有损失。我怎么想都觉得这不可能，但也正是在那时候，我似乎被对方上了一课，认清了'赌博的本质'究竟是什么——无论结果如何，真正的强者永远不会对自己的选择感到怀疑和后悔，亦不会将责任转嫁出去。"

"哦？也就是说，你醒悟过来了，原来自己如今的境遇和他人无关，也不是运气太差，所以就改变了态度，不再自暴自弃？"

"是的。"

"好……你想说的话，我大致有谱。你是打算委托之前那个'强者'，来帮我们与戴伊基帝国交涉？"

"是的。她是卡塔他军的特务士官，幸运的是，卡塔他离戴伊基和梅尔克诺斯很远，没有参与《迪济斯条约》。"

"确实，卡塔他没有拒绝的理由。反正调停失败的话，只要把责任推到那个出面办事的人身上就好。唉，真是个倒霉的任务，不过，那位女士肯定会接手的。"

站在格奥尔松身后的男人的声音总算出现了细微的变化——他的语气中居然带着一丝明朗愉快的笑意。

"我也这么认为。"

听到对方看透了自己的提议，格奥尔松并不意外。

确实，在这个海贼岛上，没有对方不知道的事，也没有他做不到的事。

因为他是这座岛的首领——尔撒·印加·穆甘杜三世。

"我姑且确认一下……你想委托的那个人叫什么名字？能直接告诉我吗？"

听到这句指令，格奥尔松平静且毫不犹豫地答道："她叫莱泽·利斯卡瑟。"

他的语调和她自报姓名时一模一样。

夜壬琥公主的遗体被发现后，落日宫一片大乱。

这样一位大人物遇害了，莫尼·姆里拉全国的警备队中却没有真正的警察机构，于是戴伊基帝国的治安部队赶了过来，封锁了整个落日宫，把所有人员都控制住了。身穿坚硬铠甲的骑兵们站在各个角落，宪兵们则毫不客气地追问着住客们，但最终并没有弄清情况。两天后，事态严重到了极点。

我——卡西亚斯·莫罗也接受了问话，说出自己暂住在此的目的，以及与被害人的关系。然而，他们似乎没能从我的话里提取出什么真相。其实，他们尤其关注史奇拉斯塔斯的行踪，可我并不打算回答。

这里的生活原本是那么优雅、闲适，此刻却发生了巨变，突然被杀气腾腾的紧张感所笼罩。

就在这时，我遇到了那个男人。

那天，我也学着夜壬琥公主的样子，天刚蒙蒙亮就去庭院散步，当然了，由于到处都是装甲骑兵，景色毫无美感可言。

我想要通过模仿她的行为，来弄清她到底在想什么，可过程并不顺利，光是监视者那锐利的视线就仿佛能把人刺痛。他们毕竟是治安部队，只觉得落日宫的所有人都是潜在的危险分子；一旦发现我有任何可疑的举动，他们肯定会立即飞奔过来。

我默默无言地走着。回想起来，我和夜壬琥公主也是在这个庭院里初次相遇的。那个时候，我怎么都想不到后来竟会发生这种事。

我从口袋中取出一只小玩意。

那是一只水晶独角兽，是的，就是史奇拉斯塔斯在拜托我帮他一起追求夜壬琥公主时，送给我的"小礼物"。

我的心情有些复杂，把水晶放回袋中，继续迈开脚步。

接着，我听见庭院的一角传来了一阵嘈杂声。

我循声看去，只见是管理花坛的园艺师们和宪兵起了争执。

"我们必须照料花卉！这里有很多需要每天打理的品种，不然就会枯萎的！"园艺师们据理力争。

"这里禁止一切不必要的行动！你们不许自说自话！"

宪兵们的语气拒人千里、充满威势，但园艺师们毫不畏惧地怒吼道："什么叫我们自说自话？！你们才是吧？！一点用处都没有，还真敢摆谱？！"

"你们说什么？！"

"不是吗？就算你们来了，案子也没有一点进展！"

"你，你们这群家伙……"

宪兵们被戳到了痛处，气得脸色都变了。气氛凶险，冲突一触即发。我仿佛尝到了一股酸腐的味道，这预示着当事人已经紧张到了极限，眼看着就要爆发。

——糟了。

我心里着急。眼下情况很不妙，一个不巧，就可能引发暴动。在戴伊基军眼里，莫尼·姆里拉只是名义上的同盟国之一，实际上算是自己的属地，但莫尼·姆里拉的人民却深深为祖国的历史而自豪，并因独立的主权而倍感骄傲。因此，两国之间的对立可谓根深蒂固，一旦出现火种，就会持续燃烧下去。

不行，必须想办法制止，可究竟该怎么办才好……

当我正在思考时，一个奇妙而悠然的声音却突然响起："花？你们在说花？花可真美好啊，嗯，特别美好……"

众人皆是一愣，望向声音的源头，发现一个奇怪的男人不知何时站在了那里。

他对着大家轻轻点头致意，接着滔滔不绝地说了起来："由一方水土滋养出来的花，可以决定这一方人的审美意识哦。比如说，在百花盛开的南方，人们喜欢将自己打扮得花花绿绿的；在冰天雪地的寒冷地带，独自开着小小花朵的雪割草会让人感到坚强之美；而在那些绿植丰饶但花儿并不起眼的国度，人们只会趁着春季花开满枝时，赞美那些色彩淡雅的树木有多么妖艳……从这个角度上来说，花正是当地人民的心灵呀。"

他嘴上不停，也不管大家有没有倾听他的发言，果真是个怪人。

他看起来不像是中老年人，估计还很年轻，却目测不出岁数；身上穿的也并非奇装异服，但就是让人觉得不同寻常。

在场的园艺师和宪兵都被他的古怪吸引了注意力，已经陷入了茫然，完全忘了眼前的矛盾。

"倘若在当地人面前踩碎他们的花，就相当于是在侮辱他们的心灵。戴伊基军的各位，请问你们考虑过其中的重要性吗？"

他的食指指尖发出了轻轻的叩击声，又接着道："还有，各位园艺师们，你们很了解花卉，知道它们反映着气候，顺应着自然，会随季节而变化，也总有枯萎的时候——但这正是它们的美丽所在。

"诚然，对你们而言，现在的情况无疑是一场灾难。不过花儿们本就注定会不断遭遇狂风、冰雹等无法预料的灾害。这是它们的宿命。可就算如此，花朵依然会盛开；无论遭到怎样的践踏、摧残，剩下的种子依然会发芽，结出花蕾。人们能从中感受到它们的生命力——正因为有枯荣，所以象征着美丽。

"而即便这个庭院里的花都枯萎了，美丽也不会从你们的世界中消失。毕竟真正的美，就蕴藏在你们那让枯植再次开花的妙手之中，在你们那从实践中积累起来的园艺技术之中啊！"

看着男人轻叩的东西，双方人员都露出了困惑的表情，不晓得该作何回应。

等他发表完长篇大论，一名宪兵终于开口问道："你是什么人？"

"什么叫'什么人'？"他反问了回去，口气好像在开玩笑，又似乎非常认真，"你是指，我跟你之间是什么关系，对你有怎样的意义吗？这个问题倒是简单极了。"

他非常能言善道。

"啊？那……那你倒是回答啊！"

宪兵看着那个古怪男人的脸，表情很是不爽。可这也很正常，因为他戴着一只面具，遮住了足足半张脸。他的食指从方才起便一直轻轻地敲打着它，叩击声从指尖传来。

"没有意义。"

他确实答得极其简单。

"对了，也没有任何关系。我对你们来说，就是个碰巧路过的。"

他补充道。

"……"

听到这番斩钉截铁的结论，众人集体失语。

每个人都想说"既然如此，你干吗扯那么一大堆"，但结果每个人都错过了说出这句话的时机。

"因为我跟你们没关系，所以我也不介意你们到底会做什么。好了，请你们继续方才的争论。"

他再次微微致意。

可经过他的"搅局"，众人的气势已经完全不见了，杀气腾腾的紧张气氛亦烟消云散。

园艺师们纷纷凝视着自己的双手，就像是在确认他刚才提到的"妙手""技术"等。

过了片刻，其中一名园艺师有些畏缩地对宪兵开了口："我们不用魔导器具和药品，能让我们检查一下花草吗？得看看有没有害虫……"

"哦……行……行吧。"

宪兵们也不知所措，只是小声地同意了。

面对这样的发展，古怪男子确实如自己所言，没有表现出任何兴趣，只是若无其事地从旁走开，对我开口道："你好啊，莫罗先生！"

他这是在朝我走来？

我非常惊讶，一时间答不上话。对方却毫不在意，只是客气地致歉："你是卡西亚斯·莫罗先生吧？抱歉，让你久等了。"

我花了好几秒才理解他的话——毕竟，我来到这个落日宫的目的就是等人，而会对我说这种话的，只有我正在等待的那个人。

"您是七海联盟的人？"

我估计他就是面试官，来审查我是否有资格加入组织。

"是的。"

他点头表示肯定，接着从怀中摸出一份咒符，上面印着特别的纹章。这无疑是七海联盟的特别身份证明，只颁发给担任特殊职位的人。

"我叫爱德华兹·希兹沃克斯·马克威斯尔，你可以叫我ED（艾德）。"

他一口气做了自我介绍。

"啊……您好，我是……"

我正打算找些话题和他寒暄一番，他突然制止了我。

"没事，不用勉强。莫罗先生，我们对你做过充分调查，你不必亲自开口。"

我的社交辞令就这样被他无视了。

"……哦哦。对了，不好意思……我能问您一个问题吗？"

我有一件无论如何都想问清楚的事。

"怎么说？"

"这个……您一直戴着它吗？"

我指着遮住了他半张脸的面具问道。上面还刻着少见的古怪雕刻。

这种东西明明只会在祭典和化装舞会上出现，普通人可不会在日常生活中佩戴。然而，他和这个面具异常相配，仿佛平时也始终戴着它。

"是啊，怎么了？"

他耸耸肩，似乎并不理解我的问题。

我不知道该说什么。这时，我远远看见在落日宫的楼群那边，戴伊基帝国的军队陷入了慌乱，接着就听到几个貌似是队长的人物在怒吼，叫那些闻声赶去的下级士官和普通士兵立刻回到岗位上，大概是在努力控制场面，以避免更大的骚乱。

"这是怎么了……"

我嘀咕道，而ED则轻轻点了点头，爽朗地解释说："哦，萨哈连·史奇拉斯塔斯的行踪估计也传到这里来了。"

我很惊讶，又问："您说什么？"

他没有理会我，未被面具遮挡的下半张脸上露出了一个略带嘲讽的笑容，接着补充道："戴伊基军的司令部得到情报的时间，肯定要比这里早一点。我想，他们的舰队此刻已经包围了史奇拉斯塔斯的所在地——海贼岛。"

他用食指一下一下地轻叩着面具，口吻平静。

事后回想，我当时或许就已预见到了一半后续。

不管这个戴面具的男人来到"命案现场"有什么目的，我都有一种直觉——凡是有他在的地方，谜案便无法继续保持着神秘之美以及幻想色彩，而是会变成单纯明了、条理清晰的"真相"。

"卡塔他的特务上尉？"

接到下属的报告，戴伊基军的西比拉尼·特奇拉将军眉头一皱，问道："那种人来这里干什么？"

"我不太了解那女人的情况，不过问题是跟她同行的护卫……"副官将资料呈上。

尽管西比拉尼素有"不动泰山"之称，但看到资料后，他的眼底也浮现出了惊讶的神色。

"这就是那位出名的青年英雄吗？在扎伊多斯纷争之中，一个人歼灭了整支火焰机甲兵团的……"

"没错，就是那位'风之骑士'！"

副官点头表示确认。

"唔……"西比拉尼的表情严肃了起来，"他们都是被调派到七海联盟的人，所以这次等于是七海联盟把他们送来办事的。七海联盟那帮家伙到底有什么企图！"

"他们说是来跟海贼岛交涉的，要劝服他们同意引渡史奇拉斯塔斯。"

"就是来当中间人的？可到底为什么……"

西比拉尼似乎认为卡塔他和七海联盟之间存在交易。他猜测着那些交易的内容，却毫无头绪。卡塔他派出了一名女性士官，可见他们对这件事并不重视。还有那位人称"世界最强"的风之骑士——他也许是一名顶级的战士，但未必适合担任交涉人。派他出马恐怕只是为了让对手产生不必要的顾忌。

等待他们的，按说只有失败，然而……

"请问，可以允许他们前往海贼岛吗？"

听到副官这么问，西比拉尼认真地盯着这位下属，眼神锐利得几乎是在瞪视。

"……"

"您……您怎么了？"

"上校，我有话跟你说。这件事只有极少一部分人知道，是国家的机密事项……眼下既然推测不出七海联盟的策略，只靠我一个人，说不定没法妥善应付下来。所以我要把这个秘密情报告诉你，万一我出了意外，你也能立刻接手。"

"……这是怎么回事？"

"你如何看待夜壬琥公主那桩案子？"

"一位艺术家痴恋圣波浪兰公国的一名王族成员，对她纠缠不休，最后把她杀了……反正我是这么看的。"

"你说的或许是对的，但也未必是事实。我们有怀疑它的理由。也因此，我军只想尽快解决这桩案子，哪怕要使用武力。总之，必须把案子归结在史奇拉斯塔斯头上。"

"这……到底是出于什么理由？"

副官的声音在颤抖。

西比拉尼沉默了。他考虑了一会儿，重新将"告知部下"与"继续保密"两个选项做了衡量，最后果然还是按照原计划，决定选择前者。

"问题既不是史奇拉斯塔斯，也不是那桩案子本身。在我们看来，就连被害人夜壬琥公主都只能算次要的，最关键的是那个自称公主恋人的男人！"

"是那个叫基里拉杰的家伙吧？确实，他一到落日宫，公主就遇害了。"

"嗯，幸好我们的情报操作工作很有效，大家都只注意史奇拉斯塔斯，完全忘了那个基里拉杰。实际上，问题的核心就在于他也消失了。他……"西比拉尼停顿了一秒钟，但又立马说了下去，"他是在我军和圣波浪兰军之间活动的间谍。"

"什……"

副官大惊失色，西比拉尼却轻轻点点头，满脸凝重地继续道："三年前，他带着我国的一级机密消失了。我们拼命找他，还是没查到任何消息，直到三天前……"

"那么，夜壬琥公主她……"

副官尖声大叫了起来，西比拉尼再次首肯："是的。她被基里拉杰诱惑，把国家的情报透露给了他，我们由此知道了不少圣波浪兰公国的内情，而她也因为叛国罪遭到了流放。不过，圣波浪兰公国的王族们怕传出丑闻，就把夜壬琥公主塑造成了一个浑身都是谜的女性，来封锁情报泄露的事实。"

"……"

"上校，事态的复杂性，你明白了吗？"

副官总算是理解了己方的军队为什么这么急着出动舰队，包围海贼岛。原来，当首脑们得知基里拉杰出现在落日宫时，就已经开始为出兵做准备了。

"那么，史奇拉斯塔斯知道了夜壬琥公主的真面目，甚至杀了她吗？"

"这就不清楚了，所以我们必须抓到他。当然，我们也在暗中搜查基里拉杰的下落，这是另一项机密任务……不过，既然在他抵达落日宫之前都没有暴露出行迹，看来以后也不会轻易被我们找到。"

"史奇拉斯塔斯是唯一的线索，是吧……"

"嗯，我们一步都不能后退。"西比拉尼断定道，又再次强调了一番，"不管海贼岛的人说些什么，也不管七海联盟怎么介入进来，史奇拉斯塔斯都必须落在我们手里！绝不能让那个卡塔他的特务上尉得逞！"

"这样没问题吗？"

"如果他们察觉到了这桩案子有内幕，打算抢先一步行动也无所谓，只要我们监视七海联盟的行动，就能找到基里拉杰，届时再逮住他即可。"

西比拉尼边说边点头，眼中闪烁着冷酷的光芒，活像毒蛇一般。这是战略家特有的眼神，表示他已经下了决心——为了收拾这一残局，可以毫不犹豫地牺牲成百上千人。

\*

……综上，我——莱泽·利斯卡瑟被卷入了海贼岛的相关事件。

我是一名年轻女性，平时总是被军方的人小看，这次自然也不例外。

我带着一名同伴乘上小型艇，驶向海贼岛，途中必经戴伊基帝国军布下的包围网。

当他们的人马得知我的身份时，都用惊讶的眼光看向我，问道："你就是卡塔他的特务上尉？就你？！"

不过我们无意开战，也不会强行突破，只是直接向前来阻拦我们的战舰索要通行许可。

"卡塔他军跑到这里来做什么？"

战舰的炮口对准了我们，甲板上站着一名貌似是甲板长的男人，开始发难。

"我们收到了正式申请，这才来担任戴伊基军和索基马·杰斯塔尔斯的中间人。相关文件肯定已经送抵您的司令部了。我是卡塔他军的人，但这件任务并非军事行动，我不打算以军人的立场来处理。"

我语气淡然，公事公办，我的同行者也只是沉默地站在我的身后。

"那你是来做中间人的？要去说服那群海贼？"

对方露出了愕然的表情，似乎怎么都理解不了。

他虽然面对着我们俩，但这番话其实是只对我一个人说的。

于是，我回答道："或许吧。不过，届时我也可能负责把他们的提议转达给你们。"

"为什么把这么重要的任务交给你这种年纪轻轻的小姑娘？"

他的声音明显带着揶揄。

然而，我并不气恼，只是静静地反问道："这很奇怪吗？"

其实，这很不寻常。卡塔他与这桩案子无关，却应了海贼的请求，赶了过来。而且负责办事的人还是我，这理由就更难把握了。的确，我曾在执行某项特殊任务的过程中顺道去过一趟海贼岛，但逗留时间极短，前后还不足一天。

我心想着，必须始终对海贼们的真正目的保持警惕。只不过，我当然不会把这些想法写在脸上，只是回敬了一个"舍我其谁"的表情。

这下，那位甲板长带着轻蔑的表情，目不转睛地俯视着我，讽刺道："这还不奇怪？莫非，你上司看你像个舞女一样风骚，叫你去勾引那帮海贼？要不——现在就让我们看看你的'本事'，怎么样？"

听到己方的领头人这么说，周围的水手们一下子爆发出了下流的嘲笑声。

"……"

我没有出声。

见我面无表情，对方又开了口："总之，把小艇靠过来，解除武装，然后再谈。"

"我们不是来打仗的，所以没有任何武装。"

"但谁知道你们是不是藏了什么？对了，也得检查一下你的身体呢。赶紧脱光了，证明自己不是危险人物吧！"

哄笑声又传了过来。很明显，他们并不准备认真听我说的话。

"呵——"我的心绪依然平静，只是叹了一口气。随后，转身向站在我身后的同伴说了一句话，"少校，不用继续隐藏你的气息了。"

话音刚落，周围的空气就完全变了。

他踏前一步，站到了我的身边，抬起头来，两道锐利的视线直接刺向那群乌合之众。

不会有人胆敢直视这样的眼神。

果然，所有人原本只盯着我，没人注意到他，可就在这一刹那，与他视线相对的人全都屏住了呼吸，表情惊讶至极。

我看着他们脸上神情大变，也不禁微笑了起来。

我这位同伴的挚友说他"拥有成为世界之王的潜质"。确实如此，当众人认出他的瞬间，全都会为他那压倒性的存在感所折服。

希斯罗・克里斯托夫——这是他的名字。

"那……那家伙，难道是……"

这世上的每一位战士都认得他的样貌。不，但凡从事与战斗相关的工作，就必定知道他的大名，知道他的那份勇猛，以及靠一柄剑摧毁了一整支机甲兵团的恐怖力量。

"风……风之骑士？"

不知是谁小声说出这一名号，四周瞬间鸦雀无声，没人敢再发一言。


"我们要过去了，可以吧？"

希斯罗严肃地说道，声音很小，可似乎已清晰地传入了那群海军士兵的耳中。

"可以、可以！您请！"他们齐声答道。

对此，我很诧异，问道："不是要先去您那边，解除身上的武装吗？"

甲板长大幅度地摇着头，赶忙回答："不，不用了！"

希斯罗盯住了他，确认道："骑士可以带武器吗？不然，我搭乘你们的战舰也行。"

"您言重了！"甲板长吓得脸色惨白。

"那么，请你们放行吧。"

我若无其事地提出了要求，我的小型艇再次成功进发，甲板长等人呆然地目送着我们渐行渐远。


没有得到上司的许可，真的可以就这样放他们过去吗——甲板长心中不安，不知自己是否做错了。然而，即使这违反了命令，会让他遭到减薪处罚，甚至在档案上留下污点，此刻的他却仍暗暗松了一口气。

没错，不管接下来会发生什么都无所谓。

他深刻地体会到，与风之骑士为敌，才是真正的绝境。

接着，他很快得到了舰长的通知，说作战本部下令，让他们放卡塔他的中介人通过。可他对此已经没有什么感觉了。


"啊哈哈哈！真奇怪啊！"

我们的小型艇继续前进，在与戴伊基的军舰之间拉开一定距离后，我终于笑了出来。

"少校，他们一发现站在我身边的人是你，态度瞬间就变了。"

我笑得停不下来，光是想起他们那些傻瓜一样的脸，便觉得滑稽不已。

可是，希斯罗似乎依然不悦，声音中都透着苦涩："你啊，肚量也实在太大了。"

"啊？"

见我不理解他的意思，他解释道："受到那样的侮辱，你却能一笑了之……与其听他们说那种话，还不如从一开始就别要通行许可，直接强行突破算了！"

看样子，他真的很不高兴。

"可他们只冒犯了我而已，并没有找你的麻烦，不是吗？"我反问道。

他的双眉越拧越紧，终于怒道："问题就是你受到了冒犯啊！不管他们对我说什么，我都能忍，但我决不能原谅对你出言不逊的家伙们！可恶！气死我了！"

然而，此刻怒火中烧的他就像是小孩子耍性子，毫无魄力，让人难以想象这就是令全世界的战士都惧若鬼神的风之骑士。

"……"

我沉默片刻，之后又无奈地露出了微笑。

他说得对。我们其实不必特地向戴伊基军的战舰讨要通行许可。虽说强行突破有些鲁莽（当然，对这位强悍的风之骑士而言，想必胸有成竹），但大人物们已经和对方的上级司令部打过"招呼"了，所以我们无视对方的言行即可。

可我就是想让别人看见我和风之骑士站在一起。

诚然，他是享誉世界的名人，他的力量也许比一整支军队都要强大，但此刻，他是属于我的骑士。

无论他在出生时受到了哪颗星星的庇佑，无论他从今往后会在世上开展怎样的伟业，他现在的使命就是保护我。

这种感觉，真好。

所以，也难怪我想要炫耀一番。

当然，这并不是我一厢情愿的误会。我刚抵达这里时，就已经确认过这件事了——而且是和希斯罗、ED一起确认的。

"这桩案子似乎有些古怪。"

ED当着我和希斯罗的面说道。

就像上次那桩杀龙案一样，我们三人迅速聚集在一起，相互合作。当时，我的祖国卡塔他才刚命令我担任中间人，负责出面交涉，他们两人就火速赶到了我这里。而且他俩大概都已经得知——嫌疑人史奇拉斯塔斯正躲在海贼岛。

"首先，我们必须弄明白，戴伊基军为什么号称无论如何都要解决案子，哪怕动用武力制服对方也在所不惜。让真相水落石出肯定是理由之一，但也必须承认，这只是次要动机。"

他似乎很焦急，不停地摇着头，预测道："反正，现在的第一要务就是避免戴伊基军和海贼岛开战，不能让任何一方出手。那片海域本来就充满争议，容易引发战争，要是真的发生武力冲突，那么至少会有三国的军队加入战场，顶着'支持戴伊基军'或者'反抗违约者'的旗号，尽可能地为自己争夺权力。"

ED和平时一样，一边轻轻敲击着面具，一边说话。

"而现在，他们双方嘴上说要'交涉'，可实际上都不打算退让，根本不存在交涉的余地。这种时候，一切调停、拉拢都是没有意义的。毕竟，若当事人只希望得到非黑即白的结果，第三方的介入充其量不过是拖时间。即是说——"说到这里，他间断了一下，"呼"地叹了一口气，随即简单地分析了起来，"这次，我无能为力。我是战地调停士，基本工作就是去说服当事人，让他们明白——'对立毫无意义'。可是，戴伊基军的目标恐怕不是破案，而海贼们估计也会拼死保住面子，彼此针锋相对，所以不用我开口，他们自己都知道，这场对立从一开始就没有意义。"

他的双眼透过面具，直视向我。

"因此，一切都拜托你了，莱泽女士。"

被他这么注视，我有些难以平静。

"……但我的上级已经下了命令，要我站在绝对中立的立场去进行交涉。我不能违反这一点。不过在此前提下，要是有我能帮上忙的地方……"

"不，我不是这个意思。"

ED摇着头，打断了我："我想说的是，我们会遵从你的指示。这次，你才是主角。"

"……啊？"

他说得很干脆，我却纳闷了，于是望向他身边的希斯罗，却见他也点头赞同："这次最合适的人选应该是你，而不是我和马克威斯尔。"

"……是吗？"

我愣住了。

在过去的经历中，我亲眼见证了这对搭档有多么优秀，能够实行多么不可思议的计划。所以被这两人点名推荐，我心中只有不解。

"是的！"

ED用力点点头，强调道："我大致猜得到，海贼岛那边为什么指名要你去做中间人。他们对你的信赖远胜于对我和希斯。这就是你身为赌徒的实力。而这次的问题，怕不是只有赌上一切才可以打开新局面。我这人性子软，而希斯太容易冲动，都不适合赌博，唯一能行的只有你。"

"……"

我再次无言以对。之前，ED被龙切掉了一只胳膊，他还能强忍剧痛，淡定地继续交涉。这种人到底软弱在哪儿？还有，他对我的评价到底是褒是贬？一般情况下，"赌博高手"不都是典型的懒汉、混子吗？我平时明明不碰赌博！

"对了，海贼岛的那些家伙，称呼你为'代赌人'呢。"

ED信心满溢，我终于忍不住抱怨起来："我说啊，身为特务，我确实接受过一些和赌博有关的训练，但顶多只是掷骰子的秘诀、如何看破庄家们的暗号等，我本身并不擅长赌博。"

上一次当着他俩的面展示赌技真是失策！面对普通人时，我或许还能在掷出自己想要的点数的同时，表现得像纯粹靠运气一样，可在懂行的人之间，这只是点小伎俩。

听到我的抗议，ED却笑嘻嘻的转向希斯罗说道："看，我都说过了吧？"

这话简直像在打哑谜，而希斯罗好像也理解他在说什么，答道："嗯，的确。"

"你们在说什么？"

我忍不住发问了。两个大男人在那里"眉来眼去"的，实在是有点恶心。

"没什么没什么。你其实一点都不喜欢赌博吧，但就是这样才好啊！"

ED伸出手指，"咻"的一下指向我的额头。

"什么意思？"我一边挡开他的手指，一边问道。

他绝对没有恶意，可总是会采取一些让人上火的态度。

"在做决定时，你认为最有可能造成障碍的是哪一项要素？"

他反过来问起了我。

"这得视情况而定吧？"

我把问题抛了回去。说实话，我只是打算随口应付一下，没想到ED居然深表赞同。

"没错，事实正如你所说。不过人类经常会看漏某些'情况'。实际上，任何事情都存在所谓'必然趋势'，而'欲望'会使人无视它。但是，你似乎不会用赌博来满足自己，无谓胜负，要是输了，便考虑下一手怎么赢回来。这说明你非常冷静。人在面对真正的决斗时，就连求胜欲都会害自己丢了性命，而你身上就没有这种隐患。"

他还是老样子，滔滔不绝地说着似是而非的话，让人听得一知半解。每次听他讲话，我都会怀疑自己是不是头脑蠢笨。明明不理解他在说什么，却又觉得好像已经理解了他的意思，很难静下心来。

看我默不作声，希斯罗发话了："我也想拜托你，莱泽女士。"

说着，还朝我鞠了一躬。

我一下子急了，赶紧劝道："你……你别这样！"

"不管是海贼还是戴伊基军，我都不会让他们碰你一根头发！"这位风之骑士果决地说道，"我以生命向你起誓——绝对会保护你！"

被他这双正直、清澈的眼睛所注视，我终于给出了明确的答复："好，我答应你。"

ED见状，"嗤嗤"地笑了出来："嘿，就是这么回事，在这次的任务里，希斯是派不上用场的，你也很清楚吧？"

"啊？"

"他会把保护你放在第一位，遇事很难做出冷静的判断。"

他有些坏心眼地说道，希斯罗也露出了几分不悦。

"这不是理所当然的吗？"

"那……那就麻烦你了！"

总之，我明白自己已经无法推脱，便赶忙对希斯罗鞠躬道谢。

"好了，希斯负责担任你的护卫，那么我呢？"

我们还在相互行礼，ED却插嘴问道。

"什么？"

我很纳闷。

"我是说，你打算安排我去做什么？"

"你想做什么？"

"你来决定就好，我会协助你的。"

ED镇定自若。

"我完全没法做决定啊，毕竟我连眼下是什么状况都不清楚，也不知道那个叫史奇拉斯塔斯的男人到底是不是真凶。"

其实我多多少少听说过，史奇拉斯塔斯变成了最重要的嫌疑人。至于涌动着跨国阴谋的落日宫中，又有谁在谋划着什么呢？对此，我一无所知。

"哦！原来如此！"ED点头，似乎理解了我的难处，"这样吧，案子就由我来解决！"

他说得十分轻松，以至于我一时没明白他的意思。

"解决什么？"

"我是说，我会去破解夜壬琥公主遇害的案子，你就不用操心了。"

ED轻轻地摊开了双手。

戴伊基帝国军肯定拼命做了调查，可依然没能解开那桩密室杀人案。ED居然如此轻描淡写地发表了破案宣言，语气随意的就像是在说"你做饭，我洗碗"似的。

可是……在我听来，他的话中就是带着一股神奇的说服力。毕竟他平时净说些不着边际的话，于是一旦到了关键时刻，天大的事在他嘴里似乎都不足挂齿了。

"还请你和希斯两个人一起去海贼岛，风之骑士总会有用武之地的。"

"两个人……一起？"

我悄悄打量着希斯罗的表情。

"嗯，交给我吧！"

他接受了ED的提议，脸上露出凛然之色，点了点头，而ED又特别叮嘱道："希斯，别忘了，这次莱泽女士才是主角。你必须服从她的命令。"

听到这番话，惊讶地瞪大眼睛的人并非希斯罗，而是我。

"这……真的要这么做吗？"我不禁高声问道。

"当然要啦！希斯，你说是吧？"

他故意调侃着自己的好搭档。

"嗯，没错。"

希斯罗仍然皱着眉，点头表示赞同，随即对我说道："我是你的仆从。"

他满脸认真，我哑然失语，ED则哈哈大笑了起来："哈哈哈哈哈！你这说法也太招人误会了！还是说，你希望莱泽女士误会呢？"

"……"

我双颊通红，仿佛火烧一般，却无言以对。

"啊？误会什么？"

希斯罗似乎真的没有意识到问题，只是讶异地看着我和ED。

……这就是我接下任务的来龙去脉。现在，我和希斯罗乘坐的小型艇即将抵达海贼岛。

这是我第二次来到这里。但上次情况极为紧迫，所以根本顾不上好好观察这座由七艘巨舰连接而成的"水上之城"有多么雄伟。

这座人工岛屿的面积早已远超"船"的范畴，它便是我此行的目的地，是事态的中心。

只需一句话就能说清它整体上给人的感觉——它实在是太花哨了，即使从远处看去，也很显眼……

它的确华丽而炫目，可就整体而言，装饰得实在过剩。

海贼岛的"地基"是希尔多斯帝国军队的旧军舰。这个国家已经于半个多世纪前灭亡，可直到如今，军方相关人士仍会调侃——"希尔多斯军大概认为在舰身上贴金箔胜过贴防御咒符吧"！由此可见，希尔多斯军是有多么执着于"形式美"。

明明建舰的初衷是军用，它们的外表却相当累赘，似乎更适合成为华而不实的观光地（就像现在这样），甚至到处都布置着衣不蔽体的女性雕像。

品味真低俗——我微微皱眉。正在这时，一束强光突然闪过，好像是从亮晶晶的装饰品上反射过来的。

"唔!"

我忍不住发出了轻微的呻吟。

*

第一次看到这座"岛"时，艾丽拉·穆甘杜心中产生了一种不协调感。

……这是什么？

她不由得看向了坐在身边的丈夫——尼逊的侧脸。

这座"岛"是他们组织的新根据地，当时刚建完，他们正乘着首领专用的船只，往"岛"上驶去。

离目的地已经很近了，尼逊的表情还是和平时一样镇定，眼前的"岛"则热闹非凡。她觉得它就像一块超大的糖果，和尼逊给人的印象毫无重合之处。

这明明是他亲手打造的巨型建筑，而他本人却几乎没有任何反应，甚至连看都不看它一眼，只是抬头望向上空。

他为什么要特地造出这么一座"岛"？

艾丽拉很不解。诚然，他之前向骨干们说明了原委，但那在她听来都只是借口罢了。事实上，他从未对这个荒唐的巨物流露过一丝喜悦，也压根儿不像是那种会将建筑物当作自身投影的可爱家伙。这么看来，与其说这是他本人想建的，倒不如……

倒不如认为这是我的父亲——穆甘杜一世的兴趣。艾丽拉如是想道。

穆甘杜一世确实会乐意用这种花里胡哨的东西来夸耀自己的权势。可就算尼逊接过首领的名号成为穆甘杜二世，并且宣称要继承一世的遗志建起这座"岛"，她也觉得他实在是把它打造得过于夸张了。

然而……

尼逊完全没有因为当上首领而得意扬扬、为所欲为。

她总是很在意这一点。

尽管父亲已经去世了，组织却几乎毫无变化。这位穆甘杜二世始终让人觉得，他一直都是"二把手"，而真正的首领只是暂时离开罢了。

他们年仅三岁的独子——尔撒·印加·穆甘杜三世拘谨地坐在她的身边、尼逊的对面，满脸天真地望向窗外，视线就落在他们的"岛"上。

这座"岛"迟早会成为他的所有物。

这时，巨大的人工岛上有一束光线闪过，映入了他那幼小的双目。

光线十分刺眼，他下意识地眯起了眼睛。而这就是他对海贼岛的第一印象。后来他才明白，作为地基的七艘船中，有一艘船的船头装饰着一座金属雕像，当时正好跟聚焦在那个方位的阳光重合在一起，起到了反射作用。

*

"没错，那就是你方才看到的光，莱泽·利斯卡瑟。"

海贼岛一角的某个舷窗边，有一个人影正悄悄观察着驶近的小型艇。那艘小艇因为船头雕像反射出的强光而不自然地闪烁了一下，随即又融入了阴影之中。

"我第一次来这里的时候，走的也是同一条航线，而且时间上也差不多是这个点。看来这是一个不错的开头。"

人影的嘴角微微上扬，浅笑着望向小型艇上的女士以及站在她身边的骑士。

"但这'三人帮'里好像少了一位。是打算留在陆地上做些什么吗？到底又有何种企图呢？"

他笑得非常自然。那是只有在真心觉得有趣时才会露出的表情——不过，他的笑容之中还掺杂了一丝淘气。

*

小型艇抵达栈桥，一位名叫布拉库鲁多的男子从岛上出来迎接我们。

"欢迎来到索基马·杰斯塔尔斯。"

男人殷勤地说着，但他乍看之下并不像是来说迎客词的接待员。恰恰相反，他的工作应该是把那些输光了赌资的人赶出去，还要带上一句"你们已经不配继续待在这里了"。该说他属于警备人员吗？可这里的"警备"基本上就意味着"驱逐碍事的人"，想不到还会接待客人。

他的体格很棒，高挑修长，肌肉匀称，行动利落，不过给我留下的第一印象却是——他很舍得为自己花钱。

拳击手为了胜利，会拼命锻炼，养家的人会因为过于辛苦的体力工作而练就一身力气，而他身上没有这种痕迹。看来他只是为了满足自己，这才锻炼出了强健的体魄。

他已经不年轻了，即将迈入中年的他或许对自己逐渐下坡的状态倍感焦虑，因此在冷峻的外表之中，夹杂着一丝不易察觉的敏感。

"首领命我招待二位，请二位不必拘礼。"

他嘴上这么说，其实从一开始就没有把我放在眼里，只顾盯着希斯罗。

我暗自怀疑，这名勇猛的男子莫非有意和风之骑士一较高下？

不过，只要我不下指示，希斯罗好像就不会准备采取任何行动。他只是一味站在原地，不曾理会布拉库鲁多。

这让我感到，他们两个人根本就不是一个等级的。于是，我的心情又变得有些奇怪。

"呵呵。"

我忍不住笑出了声，以布拉库鲁多为首的迎宾队伍齐刷刷地看向了我。

从他们的表情来看，肯定觉得我是个古怪的女人，但我一点都不介意。

"我们应该很难'不拘礼'吧？"我开口了。

"啊？"

布拉库鲁多被问了个措手不及，愣愣地张着嘴，我立刻把话说了下去："没错，考虑到贵岛的立场，现在可以说是各位生死攸关的重要关头。当然了——"

我迅速瞥了一眼希斯罗，然后扫视了布拉库鲁多一行人，接着道："我们也不例外。所以，诸位不用招待我们。请多考虑自己该如何活下去。我们和诸位一样，都光着脚走在刀刃上。一旦有任何动摇，就会被利刃劈成两半。"

我的口吻颇为轻松，没有强迫别人的意思。

"……"

"……"

这群海贼们的脸都僵住了。

这个被他们无视到现在的女人，按说只是个"花瓶"，想不到竟突然抛出如此严厉的话语。

　　"你们不能出现任何疏忽，哪怕只有一瞬间，不是吗？"我问道。

　　就在我身后的海平线上，戴伊基军的舰队已经摆出了战斗的阵型，蓄势待发。而我的眼前，即布拉库鲁多等海贼们的背后，也排列着成队的重装战舰，炮口一致对向我所站的方位。

　　我已完全被这周密的布阵包围了。

　　是的，这座海贼岛上已经没有逃脱之路了。

第三章　炮击

the man
in pirate's
island

少年就在这座人工岛上长大。

只是，由于他的父亲树敌众多，他很可能遭人诱拐，甚至直接成为暗杀目标，所以他的身份必须保密。毕竟敌人一心想着要破坏海贼岛，哪怕只能对海贼岛造成丁点伤害，他们也不会放过机会，亦不会对小孩子手下留情。

他的母亲从一开始就反对这样养育孩子，然而，由于没能找到其他好方法，加上不久后她自己也忙于出游和玩乐，便不再有那么多机会抱怨。于是，少年被留在了位于海贼岛上最深处、封锁最为严密的"儿童房"中——但实际上，待在那间房里的是别人。

他隐藏了自己的真实身份，作为一个最微不足道的小喽啰，公然在岛上劳动、生活。除了拥有几项特殊待遇，他就和贫苦出身的孤儿没有区别。

其间，他的父亲会不时偷偷看望他。

"你过得很辛苦吗？"

父亲总是这么问他。对此，他唯有一种感觉——父亲并不是在关心他，而是为了看他会不会露出破绽，故意试探他的反应。

尽管如此，他也只会淡然地答一句"不"。而每每这时，父亲又会目不转睛地观察他，想必是试图找出他的表情之中有无动摇的迹象，等过一会儿，大概是满意了，便开始问别的。

"你和别人不一样，知道是哪里不一样吗？"

"隐藏身份？"

父亲摇摇头，说道："人或多或少都怀着秘密。但有一样东西，其他孩子都有，好像很自然、很寻常，唯独你没有。"

他答不上来。

"那就是'梦想'。你没有梦想。来岛上工作的孩子都因为各种原因而抛弃了故乡，可他们还是抱有野心，心想着迟早要一步登天。这里从未出现过没有这种想法的人。可是你不一样。"

他依然沉默着，任由父亲说下去。

"你出生的那一刻起，就是世界上少数处在高位的人之一。'印加·穆甘杜三世'的名号就象征着你的身份。所以从某种意义上来说，你的人生是没有'未来'的。明白吗？"

而他没有回答，直接反问道："那父亲您呢？您小时候有过梦想吗？"

他在提问时，其实做好了一定的心理准备，觉得也许会惹父亲生气。就像父亲试探着他的反应一样，他也在观察着父亲。

"……"

父亲的表情虽然没有一丝一毫的变化，但还是稍显迟疑。而这自然没有逃过穆甘杜三世的眼睛。

"以前，我教过你关于'败北'和'背叛'的道理吧？"

"是的，重要的是面对这些问题时，自己该怎么做。"

"嗯。不过，前提是自己心里要有一套标准。"

"标准？"

"我和你一样。你生来就带着了不起的身份，而我生来就具有某种能力。这一能力早早地决定了我的人生，因此我也同样没有'未来'可言。"

"是怎样的能力呢？您天生就是立于众人之上的支配者吗？"

这时，父亲好像终于表露出了些许的情感。他强扯出了一个微笑，然后沉静地说道："不，是杀人的能力。"

"……"

这下，他完全不知道该如何回答，只能听父亲继续讲道："从我小时候开始，只要一看到对方，就能察觉到对方的弱点，知道该怎么杀死对方。由此，无论是怎样的对手，我都会取胜，在杀人时也从不犹豫。曾经有个雇主，把孤儿院里的孩子们一起雇用了，他的弟弟就是我手下的第一个亡魂，而第二个则是雇主本人。我卷了他们的钱，逃跑了。打那以后，我便不必再为生计吃苦犯愁。要是必须用钱，我就去抢，或者靠帮别人做打手来赚钱。而就是在那时，我遇到了穆甘杜一世。

"他也有着那样的能力——洞察他人的弱点，果断地加以利用。但是他的梦想和他的能力同样强大。他要让'穆甘杜'的名号不逊于世上任何人。他明明和我是同一类人，却怀有梦想，这让我无法理解。

"我没有未来，但他有。当我认识到这一点时，他便成了我的人生标准。我可以毫不迟疑地杀死任何人，但绝不会杀他。我发过誓。"

父亲的表情中，带着一种不可动摇的坚毅。

那时候，少年还理解不了父亲的意志，但他隐约觉得，自己对父亲的了解好像略微加深了一些。

这位戴着面具的ED先生，真是个怪人。

"我说，莫罗先生啊，你那套'用味觉来描述人'的理论，具体能分出多少种类？"

他冷不防地问我。

"啊？"

我很纳闷。

"打个比方——味道可以分很多种吧？比如甜味、咸味。所以你的理论应该也能拥有一个大致的分类。"

他用指尖轻叩着面具，提出了我完全听不懂的问题。

"这……单纯看数量的话，那可是数不胜数。"

"哦？"

ED面具背后的双眼似乎闪动着光芒。

"世上居然有那么多种味道？"

"嗯……味道确实只有甜、咸、酸、苦、涩、辣这六种，然而，将它们相互组合起来，再加上冷热等温度的区别的话……"

"哦，那就是七的七次方，也就是八十二万三千五百四十三种。而且单纯从倍数来考虑的话，还能再加上其他要素吧？"我还没说完，ED就插话了。

他未经计算便直接报出了具体数字，这让我非常惊讶。

"哎呀，数量真是庞大。这样一来，其实可以理解为，几乎每个人都有属于自己的'味道'吧？"

"啊……是的。"

"你能够区分出人的'味道'是吗？"

"能。"

"这可真了不起！"ED夸张地点了点头，继续道，"首先，知道那么多种味道就已经很厉害了，哪像我，只晓得'好吃'和'难吃'之类的……"

他应该是在夸赞我，可我却感觉不到几分认真和诚实。

"哦……"我姑且应和道。

"这种感觉是通过外表来获取的吗？好比像你这样身材比较胖的人，感觉就偏甜？"

"不，并不是这样的。应该说是通过人的内在……或者说，是人的气场、气质……"

我一边说明，一边犯难，觉得自己总解释不清楚，不过ED好像理解了。

"哈哈，这么看来，像是'温柔''冷淡'等要素会对结论产生很大影响呢，这很重要，嗯。你非常善于观察他人，对七海联盟提供给你的岗位来说，这种才能具有重大意义。顺便问一句，你认为我是什么味道的？"

"这……就算我说了，您也不一定明白，因为是非常复杂的味道。"

我耸了耸肩，ED笑了起来："哈哈哈哈，确实！有时候连我自己都搞不懂自己呢！"

他这是开玩笑，还是认真的？面对这种不干不脆的语气，我都不晓得该如何回答了，可他却一改原本的态度，严肃了起来。

"对了，莫罗先生，我要向您道歉。"

突然听到这种话，我也吓了一跳，问道："我的面试不合格吗？"

"啊，不是不是，我不是指这个。其实我之所以来这里，不是为了考核你。"

"……啊？"

"唉，我们人手不够，所以我姑且也带着面试任务，但我真正的目的是来调查夜壬琥公主的案子，找出杀害她的真凶。'上面'催我赶紧破案。"

"……哦。"

我是真的不知道该做何反应了。

"所以呢……机会难得，接下来我要开始查案了，希望你能陪我一起行动。"

"是让我担任您的助手吗？"

"没错。准确说来，是希望你能运用你的观察力，来判断谁在撒谎、哪里不对劲等，给我提供建议。"

ED又轻轻敲起了他的面具。

"……"

我瞬间想到，这人对我的面试相当随意，而实际上，"查案"本身可能也是测试的一部分。假如我随便应付，说不定会被"扣分"。

"我明白了。倘若我有这个资格，我很愿意为您提供各种帮助。"我谨慎地作答，尽可能让自己表现得真诚一些。

"非常感谢。那么，我们赶紧开始！"

ED说完就快步走了起来，我急忙跟上。

"您说这就开始，但要从哪里查起呢？"

"嗯……这种情况下，还是得先去找第一发现人聊聊吧？"他轻快地说道。

"可……可是……"我掩藏不住为难之处，劝道，"第一发现人是落日宫的经理——尼托拉·利托拉。他现在正被戴伊基军关着呢。"

"哎呀……"ED摇了摇头，似乎觉得很麻烦，"这下只能把戴伊基军也算上，一起问话了。"

"要是这么强硬，对七海联盟也会产生负面影响吧？"

我有些担心，不小心插了话，没想到ED的嘴角绽出了一丝奇妙的微笑。然后，他极为轻松地说了一句异常惊人的话语。

"不必担心，我不会亮出'七海联盟'的名号。"

"啊？！您是……什么意思？"

我无法立即理解他在说什么。

"也就是说，调查案子是我的个人行为，要是报出'七海联盟'的名字，会有很多麻烦，比如让你担心之类的。所以不能到处宣扬自己的身份啊。"

他若无其事地说着，又恶作剧般地补充道："因此，希望你也能帮我保密身份哦！"

"从那时候开始……"

尼托拉·利托拉身处在一片黑暗之中。

他被戴伊基军关押在他自己的办公室里，而把窗帘全都拉上则是他本人的意思。

"现在想想，或许从那时候开始，就注定了我会有这么一天吧。"

事到如今，他还是能清晰地回忆起当时的一切。尽管已经过了十几年，可这段记忆并没有日渐稀薄，反倒随着时光的积累而越发厚重。


"我果然只能受人摆布吗？"

那时，他还是海贼，被组织下令管理海贼岛上的设施，因此第一次见到了尚且年少的印加·穆甘杜三世。


\*


尼托拉是海贼岛上的高级管理人员，他喜欢在现场来回走动。由于他单眼戴着眼罩，怎么看都是典型的海贼，因此常被来访的客人们误以为是岛上安排的"余兴节目"，旨在展示海贼的特色。不过，每当客人们误会他的身份而要求他带路时，身为管理者的他也从来没有露出过厌烦的神情，总是恭恭敬敬地为他们服务。

船体下层有一块区域，被作业人员称为"老鼠洞"，他也不时会去那里瞧瞧。

"老鼠洞"环境恶劣，他们把在那里工作的孩子们统称为"小老鼠"。那些孩子来自世界各地，年纪很小，都是些被父母卖了抵债的弃儿或者对海贼充满向往的孤儿。

他们在"老鼠洞"里清洗制服、餐具、赌场筹码等，急急忙忙地干个不停，周围还又湿又臭，可除了能满足基本温饱外，他们没有任何报酬。唯有立下了惊人功劳的孩子，可以得到一点特别津贴，而这种情况也十分罕见。

　　然而，他们眼中没有任何悲怆或阴霾之感，反倒是洋溢着一种奇妙的活力。

　　——也是。毕竟对他们来说，外界已经没有任何想做的事了。而在这里，根据自己的工作表现，还是有可能在组织中取得重要地位的。

　　尼托拉并没有特别同情他们，之所以去巡视，说白了也就是去看看他们有没有偷懒。一旦发现，就鞭打一顿。

　　然而，那天他不必惩罚任何人。孩子们工作效率很高，迅速完成了布置给他们的活计。

　　"好！那就让你们再多干点儿！"

　　负责监工的男子怒喝道，"小老鼠"们明显流露出了不满，可他们都知道尼托拉就在附近，所以没有人开口抱怨。

　　确定大家都开始干活之后，监工走到了尼托拉身边，说道："嘿嘿，您好啊，尼托拉大哥。您觉得我这工作时的架势如何啊？"

　　"很了不起，你平时都这样？"

　　"哎，只要这么吼一嗓子，那群小鬼就听话了。嘿嘿嘿。"

　　他扬扬得意，不过尼托拉很早便清楚他其实没什么功劳。作为监工，这家伙从不下达任何具体指示，只知道体罚。

　　"有新来的？"尼托拉看了一圈，问道。

　　"嗯？哦，对，有个小鬼之前一直在栈桥工作，从昨天开始被调到这里来了。是个小个子。您看，就是他！"

监工指着其中一个孩子说道。那小子确实个子不高，皮肤是褐色的，而其他孩子由于常年待在室内，都很苍白，将他衬得有些显眼。

——原来如此。

看着那小子，尼托拉就理解了。和其他孩子比起来，他的行动有些缓慢，但这不是拖拖拉拉，而是因为他只做必要的动作，同时为了保持行动不间断，才会有如此的表现。让人觉得他干起活来节奏平稳流畅，不会时松时紧。

而周围的其他孩子都会不知不觉做出跟他类似的动作，他的影响就这样扩展开来，最终所有人的效率都提高了。

"这小子是什么出身？有空的时候去确认一下比较好。"他心中一角突然冒出了这样的念头。这并不是什么了不起的想法，他本人也没有特别留心，只是它永远都没有被实践。


那天晚上，尼托拉独自一人走在内部人员专用的走廊上，却听到远处传来了钝响声。那声音很耳熟。

"嗯？！"

他提高警惕，悄悄接近声音的所在地。走了几步，前方就叉出一条小路，声音是从小路更深处的休息台上发出的。

不出所料，那果然是打架斗殴的声音。

好几人在围殴一个人，挨打的人没有多做抵抗，只是任由他们挥拳。

暴力事件在这里并不少见，尼托拉没有出面制止，只是躲在暗处继续观察。

现场全员都是孩子，被打的是那个褐色皮肤的少年，尼托拉见状，微微皱起了眉。

"原来是这么回事啊。他提高了工作效率，导致大家干了更多的活，所以遭到了报复。"

事实上，他们应该也不确定自己速度变快是这小子导致的，不过反正他是新来的，正适合拿来当迁怒的对象。

于是，这场"私刑"又持续了一阵子。后来，可能是他们打累了，便把"处刑对象"扔在原地，自顾自地回去了。

"那小子，甚至都没有叫唤一声。"

尼托拉有些佩服，认为他是个有骨气的家伙。

随后，他从暗处走了出来，冲着褐肤少年喊了一声。

少年躺在地上，回看向他，眼神中带着一丝恍惚。

"你被他们修理得够呛啊，骨头断了吗……"

尼托拉问道，可话还没说完，他突然吃了一惊。

少年按说被打得很惨，然而他的脸上却没有任何肿胀和淤青。

"我没事，尼托拉·利托拉先生。"

少年的口吻平静得不可思议，边说边站起身来。从他的动作来看，丝毫没有因为疼痛而造成的迟滞。

一抹微笑爬上了他的嘴角，只听他接着说道："让你担心了……虽然你别名'魔鬼尼托拉'，不过为人却相当温柔嘛。"

光听这句话，或许会让人觉得他很傲慢，但尼托拉意外地没有生气。

怎么回事？

他总觉得这个少年人有股说不上来的奇怪。

"我并不担心你。"

"哦，这样啊……毕竟也就是小鬼打架嘛。可你为什么特地来跟我说话呢？"

他直视着尼托拉。

这时候，尼托拉或许应该怒斥这小子，然而不知为何，他很不愿这么做。

"这是因为……"

"这是因为你觉得我有前途，是吗？今天工作的时候，你观察过我吧？"

少年的口气依然沉稳，尼托拉却不禁为他的话语感到惊愕。

当时，他的工作那么繁忙，而自己又在远处看着他，没想到却反过来被他观察了！

少年继续着不寻常的发言："尼托拉·利托拉，你才是有前途的人。"

此刻，他们的立场似乎已经彻底颠倒过来了。尼托拉已经哑口无言，少年却毫不在意，接着又说："我可以把真相告诉你，你应该能明白我的意思。"

说着，他便脱下了上衣，薄薄的胸膛毫无特别之处。

"体格很普通嘛……"可就在尼托拉这么想着的当口，他伸出手指，在自己的胸前抚摸了几下，结果——复杂的紫色纹章渐渐从褐色的皮肤下浮现了出来！

"啊！"

这次，尼托拉真正打心眼里感到了震惊！

他看过这些纹章——不，严格说来，他在自己发誓效忠的老人身上看到过类似的纹章。

那位老人已经从这个世界上消失了，名字叫作……

"这……这是穆甘杜一族的！"

不错，这正是那位手握重权的老人文在身上，用来抵御暗杀等风险的防御纹章。

"还没完成呢，所以并不是穆甘杜的纹章。不过，它的制作者——魔导师尼加斯安格说，全世界只有我一个人拥有如此耗费金钱与工夫的纹章。"少年笑着说道。

"这……也就是说……你，不对，您是——"

尼托拉即将脱口而出，而少年即刻制止了他，毫不留情地下了命令："你绝对不能说出我的名字，包括对你现在的主人也是如此。一旦'他'听说你知道我是谁，就绝对会杀了你。"

"……"

"尼托拉·利托拉，这是我和你两个人之间的秘密。只要你掌握着这个秘密，我便不可能害你。因此从现在起，我们就是共犯了，我们一起违反了索基马·杰斯塔尔斯的铁则……"他面带微笑，露出极为纯真的样子，凑到尼托拉的耳边轻声说着。

"……"

"尼托拉，听说我的人生是不会有梦想的。但这样的我，应该怎么活下去才好呢？我想要知道答案。"少年再次说出了莫名的话语。

"……"

"我迟早会继承庞大的权力，不过总会遇上无法应付的事态。到时候，'败北'是必要的。怎么样？你能帮我'输掉'吗？"

就在这件小插曲发生两年后，尼逊·穆甘杜二世就被敌对势力暗杀了。

\*

二世死后，穆甘杜三世继承并掌握了组织的实权，又过了一阵子，尼托拉便辞别了海贼岛，成为落日宫的经理。只是，即使身在远离海贼岛的落日宫中，他也无法忘记那天与穆甘杜三世之间发生的事。

办公室几乎一片漆黑，他独自一人坐在其中，屏息凝神。

这时，一阵声响传来，从外部反锁的门似乎被人打开了。

接着，将他监禁在这里的士官出现了。

"经理，你现在打算老实交代了吗？"

"您问我多少次，我都不知道。"

"我们查过，你以前是索基马·杰斯塔尔斯的骨干。而这次的嫌疑人——史奇拉斯塔斯逃去了那座海贼岛。这两件事之间真的没关系？"

士官口无遮拦地追问道，但尼托拉不打算回答。

"你别得意忘形了！就算莫尼·姆里拉政府把特权转让给了你，他们到头来还是只能老实接受我们戴伊基帝国的意见！"士官恐吓道。

然而，尼托拉只是默默苦笑着，心想这种程度的威胁，连那位海贼首领的脚跟都够不上。

这时，一位士兵慌张地冲进来汇报："报！中队长！有个怪人过来了！非要见经理！上士[1]已经在应付他了，可是……"

不知怎的，他总让人觉得不太自信。

士官眉头紧锁，问道："什么？那个怪人是谁？！"

"呃……就……总之是个奇怪的男人。"

士兵压根儿没能说在点上，而他背后则传来了那个"怪男人"的

---

1　陆军军衔。——译者注

声音。

"——所以说,问题不在于戴伊基军的方针,而是跟你个人的态度有关哦!"

他的声音就像演员一般清澈通透,而相比之下,那位上士却像是在咕哝着什么,很难让人听清。

下一刻,上士的说话声更是被他完全盖过去了:"你现在是在履行自己的使命,你的上司——比如上尉,他也确实会认可你的做法。可一周后,圣波浪兰公国正式向你们戴伊基帝国提出抗议时,会问谁是直接负责人。而到时候,上尉就会说,自己什么都不知道,一切全是那个上士擅自决定的。"

他滔滔不绝,口才之好让人深感佩服。

"这……这是什么话?!"

士官总觉得这个"怪男人"把话题扯到了他头上,气得脸色都变了。

"要是你遇到这种情况,你觉得自己的上司会护着你吗?又或者,你会护着自己的下属吗?"

"怪男人"像是在嘲笑他一般。

士官忍无可忍,直接夺门而出。

"……"

被独自留下的尼托拉不由得瞪圆了眼,而下一刻,他的眼神就变得冷峻了起来。

——这就来了吗？传说中的——战地调停士。

我——卡西亚斯·莫罗跟在ED身后，愣愣地看着他对戴伊基军的上士说个不停。

"明白了吗？我不是在向你们戴伊基帝国的军方提议，而是在建议你个人。你能信任上尉吗？"

"呃，我……"

若在平时，这位上士无疑是一名意志坚定的军人，但眼下却十分狼狈。

他真是，毫不客气啊……我又一次认识到了ED的这一面。

接着，有一个男人从楼里飞奔出来，怒吼道："你到底在胡扯什么？！"

我对他有印象。对了，他就是那个率领了一支中队来镇压落日宫的上尉。他大概是听到了ED对那位上士说的话，不由得勃然大怒。

"中队长！是……是这个男人突然跑过来的！"

上士已经语无伦次，听属下这么说，上尉看向了这个戴着面具的怪人——ED，喝问道："你是什么人？"

"嗯？你问得也太宽泛了吧？如你所见，我是一个男人。"

ED的声音听起来像是在装傻。

"我没问你这个!"

上尉瞪着ED,但后者一脸淡定。

"问职业的话,我是学者,而且在世界范围内也算得上权威人士。"

ED连军人都不是,可上尉居然不知该拿他怎么办。

"学者?你……研究哪种学问?"

"界面干涉学,你知道它吗?"

"我可没听过这么稀奇古怪的学问!"

"是吗?唉,位于尖端的东西总会被人视作少数派,我只能接受事实了。所以放心吧,就算你没听说过,我也不会生气的。"

"我干吗非要关心你的情绪?"

"真是的,看着别人脸色而活也太不自由了啊。"

"你……你到底想说什么?"

ED实在是富有肆意操弄人心的才能,三言两语就让上尉暴躁到了极点。

"我其实受了朋友的委托,有些事想请教这里的经理——尼托拉·利托拉先生。仅此而已。"他耸了耸肩,说道。

"朋友?"

"是啊,对方有权来这里问话,所以拜托我作为代理。"

"有权?"

"她毕竟是被害人的遗属嘛。"

话音刚落，上尉的表情明显紧绷了起来。

"你说什么？难道你的朋友是——"

"嗯，正是圣波浪兰公国的月紫公主。"ED笑眯眯地答道，"公主殿下对表姐妹——夜壬琥公主的死抱有很大疑问，这才拜托了我。不过我也只是以个人身份接受委托的哦。"

"圣……圣波浪兰公国的月紫公主殿下？我没听说过殿下派了人过来啊！"

"这当然是非公开的调查！我不是说了嘛，我是以'个人身份'接受委托的。公主殿下很期待戴伊基帝国能够本着宽厚的态度，为调查提供支持。"

上尉的表情明显变了，就跟方才那位上士一样狼狈不堪。

月紫公主可以说是全世界最有名望和人望的一国之首，没人能拒绝公主的个人请求。但是，他也有命令在身，必须严格确保戴伊基军在这桩案子上的各种优先处置权。

如果自己傻乎乎地向上级汇报，结果只会演变成重大外交问题。他本以为"占据案发现场"这种任务，充其量不过是镇守后方，哪曾想居然会陷入这种窘境……

"怎么了？这种小事还得左思右想？"ED小声说道，仿佛是在与他耳语一般，"你呢，就说我是在现场协助办案的普通百姓即可。等案子告破的时候，功劳算你的。月紫公主殿下只关心真相，才不管是谁查出来的……"

"……真的？"

"保真！"

"但……但是……你真是公主殿下的代理人？你有证据吗？"

"哦，你担心这个啊。"ED微微一笑，解释道，"正因为我没有给你看证据，我的身份才能任由你来说啊。"

"咦？是这样吗？"

"当然了。"

ED表示了强烈的肯定，在他的影响之下，上尉也一边点头，一边说"原来如此"。

话说回来，这种拉拢人的手段也太强硬了吧！我都快惊呆了，整个人恍恍惚惚的，傻盯着他与对方的交涉。看样子，他最终还是得到了介入调查的资格。

"接下来，我想尽快见见尼托拉·利托拉先生。"

"哦，好，好。可是他什么都不肯说。"

"哦？这可真有意思，我反而更等不及会一会他了。"ED说着，回头看向我点了点头，"莫罗先生，我们走吧。"

看样子，他是真的打算带着我一起查案。

"好。"

我没办法，只能跟在他的身后。

\*

尼托拉目前被戴伊基的军方人员扣押着，但依然保持着那份恭敬有礼的威严感，就跟之前与我对话时一模一样。

"先生，您姓马克威斯尔，是吗？"

"是的。戴伊基军委托我来破解这桩案子。"

ED若无其事地说着，而他身后的上尉则阴沉着脸。

"呵……是戴伊基帝国的军方委托您的？"

"眼下，这桩案件正受到全世界人的关注，迅速解决是众望所归。尼托拉先生，你作为第一发现者，还请务必诚心协助我们。首先，麻烦你详细描述一下当时看到的情景。"

ED毫不在意尼托拉狐疑的眼神，简单做了开场白之后就直接进入了正题。

尼托拉飞快地瞥了我一眼。他知道我会和七海联盟接触，所以应该也隐隐察觉到了ED的真实身份，不过我紧闭着嘴，一言不发。

尼托拉的目光十分悠远，说道："嗯……很难说清楚呢……感觉就像一场梦……哎呀，我这么形容是不是太失礼了？"

"没事，我不会在你的伦理观念方面挑刺，只希望你如实阐述当时的感想。"

"是吗？那真是太感谢了。我那时候甚至觉得，夜壬琥公主的遗体才是她真正的样子，我是第一次看到真实的她……在那之前，我也和大家一样，认为她很美丽，可是……怎么说呢，看到被封印在水晶中的她，我才意识到，自己这辈子或许都彻底误解了什么是真正的'美'……唉，我真的说不清楚。"

尼托拉缓缓地摇了摇头，不过ED对他这番感慨好像没多大兴趣，只是简短地附和了一句："总之，你大受感动？"

"我也不知道能不能这么简单概括……"

尼托拉犹豫了，ED依然不以为意，问道："那是对艺术品的感动吗？也就是说，你觉得那份美感来自人工制造的艺术品吗？"

"您指的是史奇拉斯塔斯先生的水晶雕刻吧？"

"我倒没有特指他，只是想确认，把遗体弄成那个样子，是为了让它成为世界上最'美丽'的东西吗？不然为什么非要把它封在水晶里，而不是采用刺杀、火烧等手段。"ED又开始轻轻地叩击面具，"所以，在琢磨用水晶封住遗体的理由时，我们无法舍弃这样一种可能性——那是因为，放眼整座落日宫，能做到这一点的只有史奇拉斯塔斯一人。换言之，当夜壬琥公主的遗体被人发现时，所有人肯定都会怀疑到史奇拉斯塔斯头上。而这说不定就是真凶的目的。"

"您是指……这是一桩冤案？为了栽赃史奇拉斯塔斯先生？"

"不好说，但事实确实让我有一种'刻意为之'的感觉。"ED耸耸肩，往下说道，"又或者，史奇拉斯塔斯受到艺术家本能的驱使，为了追求美感，不得已下决心杀害了她……你觉得有这种可能吗？"

"我说不上来。不过也有人认为，夜壬琥公主的恋人来了，史奇拉斯塔斯先生心生嫉妒，这才下了毒手。"

"哦？他会突然乱发脾气吗？要是这样的话，别人会这么想倒也不奇怪了。"

尼托拉点头道："嗯，关于这一点，您不妨问问莫罗先生。"

他示意ED看向我。

"咦？这个嘛……他的确有股艺术家脾气，性子急躁、自以为是，觉得别人肯定会接受自己的意见。其实他还挺中意我的，把我当成聊天对象，约我一起喝酒，所以我好几次亲眼看到他发怒的样子。"

我对尼托拉的意见做了补充。

"他很傲慢？"

"嗯。"

"有些人为人傲慢，如果别人不按他们的想法行动，就会大发雷霆。但这种人真的会把自己杀死的人装扮得那么美丽吗？"

ED眉头紧锁。

"不必想得这么深吧？"我试探道，"公主的遗体被包裹在水晶里，变得那么美，说不定只是个偶然。"

然而，ED没有直接回答我，却看向了尼托拉，问道："尼托拉先生，那是偶然吗？"

"咦？"

"在你过往的经历中，可曾'偶然'发现过'美到极致'的事物？"

"我不太理解您为什么这么问。"

尼托拉仅存的那只眼睛眨巴了几下，看起来很迷茫。

"当艺术依赖于偶然性时，绝妙的是这份'偶然'吗？抑或是艺术家会将'偶然'缔造为艺术品，而这对他们本人来说是很有意义的？唉，算了，这种问题是不可证的。这么问根本没有意义。只不过……"ED似乎别有深意，依旧说着莫名的话语，"很多人大概都和您一样，认为夜壬珑公主的遗体美得令人'心生动摇'。也可以说，正是因为这一点，这桩案子才会在全世界引起轩然大波……这其中究竟包含着什么用意呢？"

他小声嘀咕着，而我和尼托拉面面相觑，都不明白他究竟在思考什么问题。

"这具遗体十分特殊，堪称前所未见。而这明显是一种障眼法……所以，真凶到底是想要隐藏什么呢？"

ED一边用指尖轻轻敲打面具，一边自问自答，但没过多久，他又抬起头来，冷不丁地问道："史奇拉斯塔斯是从什么时候开始长住在落日宫的？"

"我想想……他好像来了挺久了……"

尼托拉说着便从办公桌旁的架子上取出住客名单，翻查了起来，随后回答说："哦，是从半年前开始的。"

"入住之前，他干了什么？"

"不清楚。这里有一条不成文的规矩，那就是不追究客人的过往。"

"原来如此。这一点和海贼岛一样呢——无条件地接受任何客人。"

听到ED这么说，尼托拉闭上了嘴，似乎有些上火。ED却并不在意，又提出了新的问题："你以前是海贼岛的骨干，但你已经离开那里了，现在的做法却和当时差不多，能把理由告诉我吗？"

"因为我不知道其他的做法。"

他一脸苦涩，戴伊基军肯定也问了他很多诸如此类的问题。可ED的反应却很奇妙："你这是在谦虚吗？"

"啊？"

紧张感从尼托拉的脸上消失了，可他还没来得及开口，就被ED抢了先："总之，你对服务业很有心得，没错吧？"

光听他的口气，完全是在赞赏尼托拉。

"……可以这么说吧。"

尼托拉含含糊糊地承认了，ED也点点头，回到了正题："那么，史奇拉斯塔斯为什么非要长住呢？有什么理由吗？"

"这就不知道了。"

"这里有某种事物，能够刺激他产生艺术灵感，还是他在祖国惹了麻烦，不得不躲在这里？他曾谈及过这方面的事吗？"

ED同时问向我和尼托拉两人，但我们都摇了摇头。

"没听他说起过。"

"嗯,他应该没提过。"

"好的,我明白了。"

ED点着头,我顺便补充了一句:"他的女性关系好像很复杂,所以也可能是发生了一些桃色纠纷吧。"

"这样的话,他多少会长点教训,注意避免再闹出类似的问题才是。"

看到ED这么一本正经,我和尼托拉不禁苦笑了起来。

"怎么了?"

见ED有些摸不着头脑,尼托拉进行了说明:"您没见过史奇拉斯塔斯先生本人,所以才会这么想的。他并不会自我反省,总是自信十足,仿佛仗着自己卓越的才能和相貌,便能无往而不利。"

"哈哈,那么,他之所以会逃到这座落日宫里来,说不定也只是顺了别人的安排。其实他本人根本没觉得自己做错了。"ED颔首道。

"您这么想也很正常。"

尼托拉抱着与他相同的观点。

"原来如此啊……但他这次为何就成功逃走了呢?而且还逃得这么快。"

ED似乎有些不痛快。

"不管怎么看,这桩案子里模糊不清的地方太多了。而事态也稀里糊涂地发展了下去……这真的是偶然吗?"

他再次提到了"偶然"，看来十分在意这个问题。

"不过，假设真凶另有其人，到底谁有作案的可能性呢？毕竟使用结晶咒语需要独特的天赋，而能将它用到这份儿上的，全世界恐怕只有史奇拉斯塔斯先生一个。要是别人也能达到这个水平，肯定早就和他齐名了。"

尼托拉当然会对此抱有疑问。

ED略为失望，说道："问题就在这里。由于事实板上钉钉，所以人们都心安理得地不再深想下去。可从我的经验来看，这世上不存在铁定的事实。只要换一个角度去看，任何真相都会轻易崩塌。这种事我已经见过太多次了。更何况……"这时，他面具后的双眼闪过一道锐利的光芒，下一瞬间又继续道："更何况这是一桩命案，而遗体是不会说话的。无论事实如何，夜壬琥公主临终前所见的'真相'都将成为永远的秘密。在这样的前提之下，案件的来龙去脉可就能任人发挥了。"

他淡然地陈述着，可不知为何，我总觉得背后一凉。

此刻，我清清楚楚地明白了一件事——这个戴着面具的男人甚至不会轻易相信公认的真相。即使是全人类都认为理所当然的事，只要他无法理解，就绝对不会接受、不会妥协。

"这就是所谓的'战地调停士'吗？七海联盟的特殊战略军师，全世界仅有二十三人……"我心想，他们或许都像这个男人一样，疑心重得不可思议，不会被他人所影响，意志坚定至极，堪称"冥顽不灵"……

"尼托拉先生，我有个问题，虽然和案子关系不大……"ED微微探出身子，"请问，您觉得印加·穆甘杜三世是个怎样的人？"

"什么？！"

在ED这毫无前兆的一问之下，尼托拉没能忍住，一瞬间露出了动摇的神色。

"您在……说什么？"

"我听说啊，在海贼岛上，首领的意志是绝对的。只要他说不行，那么当事人就连活命都休想。"

ED的语气很是微妙，感觉像在追问对方。

"……无可奉告。而且目前也不确定史奇拉斯塔斯先生是不是真的逃去了海贼岛。没准只是戴伊基军这么说说罢了。"

尼托拉的回答有些暧昧，或许是有所隐瞒。

但ED没有任何反应，爽快地退了一步："这倒也是。至少他们确实没有给出证据。"

没能听到内幕，让我略感失望。接下来，ED又改变了话题："对了，公主的遗体就在她的房间里是吗？那间房间平时就是个密室？"

"是的，那是一间特殊的客房。"

尼托拉也松了一口气。我怎么看都觉得，他一心想要回避与"穆甘杜三世"有关的话题。

无论他如何试图隐瞒，事实就是事实，而且戴伊基军八成猜对了——这座落日宫真正的支配者果然是索基马·杰斯塔尔斯，也就是穆甘杜三世。

"将军，卡塔他的那个女上尉和风之骑士好像已经搭乘小型艇进入海贼岛了。"

"知道了。"

听到副官的汇报，西比拉尼·特奇拉将军点了点头。

接着，副官迟疑着开了口："因为风之骑士出场……我军的士气被打乱了……"

"呵……不愧是传说中的勇士。"

西比拉尼的眉头微微拧了起来，不过他一向冷若冰山，所以在外人眼里，此刻的他仍是面无表情。

"但就算对方威名远扬，我们可是光荣的戴伊基帝国军，总不能被人小瞧！"

"……啊？"

副官从这番话中听出了一丝凶险。他很清楚，西比拉尼之所以被称为"不动将军"，是由于这位将军无论如何都能保持镇定，从不动摇，而一旦开始行动，又将是何等敏捷迅猛。

"将军……您？"

"不管他们来做什么交涉，谈话总是需要时间的吧？"

西比拉尼直接问道，看都没看副官一眼。

"嗯，确实……您有什么计划？"

"上校，传令给整支舰队——"

这时，他那本该毫无波澜的表情明显起了变化，嘴角轻轻上扬，笑着下令道："立刻解除待机状态，先转为四号战斗阵型，进而转为复合炮击阵型！"

"这……这！"副官的脸色一瞬间变得惨白，"将……将军！难道您要使用多重怨恨炮？！"

在舰队此次装载的武器之中，它的火力是最强的。也正因为威力过猛，戴伊基帝国对它的管制十分严格。通常情况下，必须得到国家军事会议的讨论许可，方能使用。

"它就是为了这种时刻而存在的。"

西比拉尼面无表情，又恢复了平日里"不动将军"的形象。

"……"

副官彻底无言以对，西比拉尼则静静地提醒道："重复命令。"

副官一下子挺直了脊背，答道："得，得令！整支舰队立刻解除待机状态，先转为四号战斗阵型，进而转为复合炮击阵型！"

*

戴伊基军封锁了海贼岛，客人们集体被困在岛上。他们中的大部分都是来观光的，只希望尽早离开；当然，其中也不乏必须靠赌上一局来翻身的末路之士，对这类人而言，情况就复杂得多了。外界的债主们总不能突破戴伊基军的包围，一路追到岛上来。要是这场骚动继续发展下去，他们或许还能找到其他出路。

军队把客人们关押在客舱里。这虽属于监禁，但吃食都会按时送达，甚至还有酒，再加上这里的住宿设施本就是给客人享用的，住起来其实不赖。此外，上述一切都免费，或者说是附赠的特别服务。然而，由于大部分人都是避人耳目、低调上岛的，因此也无法从容自在地享受这里的一切。戴伊基军不知是把他们当成"人质"，还是对付海贼岛的"帮手"，总之没有通过官方口径给过定论。客人们也就这样被夹在海贼组织与戴伊基军的对峙之间，无人问津。

"莱泽·利斯卡瑟上尉，欢迎你来到海贼岛。"

曾位居一国参谋的海贼岛顾问——格奥尔松对我行了一礼。

"你好，格奥尔松先生。"

我也还以一礼。

这是我们第二次见面，只不过上次我并非为了公事，而是私下来访，所以现在对方也假装不认识我。

随后，他对我身边的希斯罗轻轻点头致意，明显不如对我那般恭敬。我有些意外。毕竟我只是一个来自边境之国的特务上尉，地位远不如名满天下的风之骑士，可他居然更重视我。

"请你们过来不为别的，只是因为戴伊基军完全无意与我方交涉。"

"我要先说明一下……"我认为，有些话还是得事先声明，于是也顾不上礼节便断言道，"我们并不是你们的伙伴，但考虑到要是放任不管，这件事肯定会对世界局势产生重大影响，这才采取行动。也因此，我们不会为你们辩护。"

听我这么说，海贼们脸色不善。刚开始迎接我们的警卫骨干——布拉库鲁多更是明显地露出了敌意。

唯有格奥尔松面不改色，答道："理解。我本就是这么想的。"

"那就好。另外还有一点，请容我事先谢绝——我和克里斯托夫少校，以及我们的祖国、所属的组织不会因为此事而收取任何谢礼。因为我们是彻底中立的，不会与任何一方发生交易。"

我的语气冷冰冰的。

"原来如此。既然你这么说了，我们也会听取你的意见，不过请允许我们向二位提供餐饭和一等舱。这仅仅是我们待客的诚意。"

格奥尔松对我的态度满不在乎，气量确实不凡。

一直保持沉默的希斯罗此时也开口了："我还想确认一件事。"

"愿闻其详。"

"萨哈连·史奇拉斯塔斯真的在这座海贼岛上吗？"

不愧是风之骑士，问话都这么直白。

"……"

"……"

空气一瞬间凝固了。在场的人群中，依然只有格奥尔松镇定自若，回答得干脆至极："嗯，他在。"

"为什么要庇护他？"

"不，我们并没有庇护他。我们索基马·杰斯塔尔斯从不拒绝来者，并且会保证对方在岛上停留期间不受到外界的任何干扰。这是岛上最基本的规矩。"

他自始至终都很沉稳，我再次确定，如今的他，远比上次棘手。

"这是你们的方针吧？"我插话道，"我倒是没想到，海贼们也会甘愿为了这么幼稚的理想而牺牲。"

"这一点，我们无法说明，"格奥尔松淡淡一笑，"因为这是我们首领的决定。你可以去问问他的想法。当然，愿不愿意回答就看他的了。"

"好，我了解了。"

我也露出了苦笑，接着换了一个问题："能让我们见见史奇拉斯塔斯吗？"

"这个嘛……我们没理由阻止，但他本人好像不愿意呢。"

"你是说，他不想见任何人？"

"不知道他是怕被人暗杀，还是有负罪感，我们也不太清楚。反正他一直待在'特殊客房'里，完全不露脸。"

格奥尔松无奈地摇了摇头。

从他的说法来看，海贼岛上的人并不在意史奇拉斯塔斯到底是不是真凶。这也很正常，因为他们全员身上都背着人命。对他们而言，无论自己犯下了什么罪过，不曝光就等同于无罪，而就算自己是清白的，只要别人都认定自己有罪，那就万事休矣。这就是他们组织的风格和成员们所处的环境。

总之，史奇拉斯塔斯在他们眼里，只是个傻瓜吧。

而现在，全世界都被这个"傻瓜"折腾得团团转。各路人马就仿佛被迫起舞的木偶一般……

"这个傻瓜的脑子里在想些什么？算了，'不想见人'也好，怎么也好，随便他找什么借口，我都必须把他揪出来。"我下定了决心。

就在这时，我听到一阵嘈杂的脚步声，有人一路跑了过来，最后猛地推开大门，冲进了会议室，大声叫道："出，出事了！戴伊基军的舰队！居然！"

他似乎是岛上的放哨员，跑得上气不接下气，本该因为剧烈运动而涨红的脸，此刻却是煞白的。

"怎么了？他们有什么动作？"格奥尔松也高声质问。

"舰队的阵……阵型变了！战舰组成了魔法阵！"放哨员颤声回答。

他说什么？

我惊呆了。因为只有在一种情况下，有必要按魔法阵型来配置战舰。

"难……难道他们要……"

一名海贼骨干直接惨叫出声，恐慌的情绪瞬间蔓延了开来，其他骨干也纷纷失控。

"要用怨恨炮？"

"他们要对我们进行复合炮击？"

"这会把整座岛都炸飞的啊！"

糟了！

我本能地感到了危险，有些粗暴地踢开椅子，站起身来，怒喝道："大家冷静！"

年轻女性高亢的叫声突然响起，让所有人都愣住了，我继续着自己的发言："这座岛上设了结界，连多重怨恨炮都要用最大火力才能击破结界。所以即使戴伊基军真的开炮，也不会造成伤害，最多起到一点威胁作用！顾问老师，我说的对吗？"

我紧盯着格奥尔松，用眼神强逼着他同意这番说辞，而他镇定依旧，板着脸点了点头，说道："没错，事实正如莱泽女士所言，各位不要惊慌。"

听到这句话，全员都一下子闭上了嘴。

"启动投影，展示外面的情况。"

格奥尔松下了指示，随后，外界的影像浮现在会议室的中央。

十几艘戴伊基军的战舰沿着神奇的轨迹移动着，于海面上描绘出了一个巨大的魔法阵。该阵型有一个作用，就是收集充斥在四周的诅咒（这个世界上的每一处都布满了诅咒）。

接着，战舰突然开始发光，越来越亮，甚至让人产生错觉，觉得船体好似燃烧了起来。而与此同时，光芒也在轻飘飘地上浮，逐渐脱离了战舰。要是把战舰视为生物，那副光景简直就像是灵魂出窍。

光就这样从所有的战舰上分裂出来，如同惊弓的群鸟，齐齐地向一处飞去，最终汇聚在舰队的旗舰——"纳兹拉姆"号上。

"这……收敛率也太高了！真的足够炸飞一整座岛了啊！"

看到那么庞大的光团，有人不禁发出了悲鸣声。

而"纳兹拉姆"号的船头正对准海贼岛。

船头设有一座巨大的龙形雕像。由于戴伊基军的战舰秉承着纯粹的实用主义，故而全舰也只有这么一件装饰物。

但是——

在这艘统领整支舰队的旗舰上，猛然张口的龙像其实承载着最重要的功能。"龙"是世上最为强大的存在，它的造型正是仿照了龙。此时，来自其余战舰上的光渐渐聚集在一起，并且越聚越多。

"啊……啊！"

会议室里又有人开始呻吟。光的密度逐步增加，色彩也由红转蓝，接着变为白色。很快，颜色又全部消失了，亮度之强让人无法继续凝视。到最后，光被一口气释放了出来。迸发而出的闪光朝着海贼岛直射而去，猛烈地撞向这座水上之城。

但下一瞬间，光炮被包围着海贼岛的结界挡住了，在屏障之外苦苦挣扎。

防御的屏障原本是透明的，在对攻击做出反应之后，变得如火焰般赤红，看起来就好像是空间被活生生撕裂了，正汩汩地涌着鲜血，非常可怖。

整座岛都在颤动。

格奥尔松和希斯罗同时叫道："快抵御冲击！"

话音刚落，因为结界受到冲击而掀起的巨浪便向我们袭来，避无可避！

海贼岛就像是被扔进了狂风暴雨之中，桌子从地面弹起，撞到了天花板，站着的人无一例外地摔倒在地，陶器的碎裂声与人的惨叫声混杂在一起。

伴随着"噼啪"声，我们眼看着结界上出现了龟裂。而下一秒，会议室里的投影便"倏"地熄灭了。

然而，我很清楚这究竟是怎么回事。

我在接受军事训练时，看过多重怨恨炮的相关资料。方才这一炮的火力，其实不如资料所示的那般凶猛。

按理说，光芒最后会凝结成巨大的黑团，接着才被发射出去。

因此，此次攻击最多只用上了三成火力。

戴伊基军在暗示自己已经手下留情。

幸好，岛上的强震渐渐平息了。

在震动还没完全消退之时，投影装置就再次启动了，外界的风景重新出现在会议室里。

一个男人在幻影中现身，他脸色苍白，我当然知道他是谁。

那人正是戴伊基军的将军——西比拉尼·特奇拉。

"诸位，你们这下真是大乱啊——已经开始打扫了？"

他居然在开玩笑，我终于忍不下去，强硬地质问道："将军，你这是什么意思？"

"呵，气势十足嘛。你就是那位从卡塔他来的小姑娘？"

他的声音中带着侮蔑之意。

"我不是'小姑娘'，我是特务上尉。我在问你到底打算做什么！"

我几乎是在怒吼，西比拉尼却笑眯眯地答道："是我失礼了，上尉。但这有什么好奇怪的，你们是来担任我军和海贼组织的中间人的，对吧？所以我军也来向你们表个态。"

他厚颜无耻地说道。

"你们给海贼组织的期限是三天，可现在还不到一天！"

"所以我才说是'表态'啊。只是给诸位看看，我军将不惜做到什么地步。而现在……"他那张略显刻薄的脸上，露出了不怀好意的笑容，"想必你们也已经明白，我们其实手下留情了。"

说着，他便看向了静坐在地上的格奥尔松。

"……"

格奥尔松没有开口。

"话说回来，我军这次出击也十分仓促，火力调整不到位，等下一次发射光炮的时候，或许就不会控制力量了。"西比拉尼如流氓无赖般地威胁道。

代表祖国的军人居然能说这种话，我听了不由得心头火起。

正当我准备抗议时，一直默默在旁的希斯罗发言了："西比拉尼将军，你的做法并不可敬。"他的语气非常平静、沉稳，"在明知对方有防备的情况下，方才的攻击规模显然过大了，是没有必要、没有意义的。"

"嗯？你就是那位威名远扬的风之骑士？"西比拉尼明明一开始就知道希斯罗的身份，此刻却故意装傻，"你这次是负责辅助工作吧？那么，我希望你守好本分，不要插嘴。"

"嗯，我正在辅助莱泽女士，和这次的中介任务没有关系。然而，要是戴伊基军做出了任何危及莱泽女士安全的行为，我是绝对不会客气的。"希斯罗干脆地说道。

"哦？这话可就离谱了。稀世罕见的英雄人物，居然会为了区区一个女人，而与一国的军队发生冲突！"

"没错。"

西比拉尼揪着这一点大做文章。尽管他们所属的军队不同，若纯论军衔，西比拉尼可远高于希斯罗。但面对着这样一位位高权重的将领，希斯罗依然回答得很果断，并瞪视着对方，眼神锐利。

希斯罗的目光让西比拉尼一时说不出话来。

我的心情则很复杂。听到他的话，我一方面觉得喜悦，可另一方面又觉得心焦，担忧他会不会真的与戴伊基帝国的军队为敌。

"总之——"我硬生生地介入了他们两人的对话，"戴伊基军的意向已经表示得很清楚了，不过我们还没有确认过海贼组织的意向。请你们按照当初的协议，再等两天！"

我尽可能摆出了公事公办的态度，但还是泄露了几分挖苦之意。

"好吧，随你们便。当然，前提是海贼组织到时候还有话要让你传达。"

西比拉尼气定神闲，八成是认为堂堂戴伊基帝国的军队一出击，全世界就都会乖乖听命于他们。

我越发气愤，只不过在这里发怒没有任何意义，因此还是拼命忍耐着。

"谢谢关心，你们肯安分两天就是帮大忙了。"

"呵，那么——卡塔他的特务上校，祝你成功完成任务。"

他的语气带着十足的压迫感，说完便停止了通讯。

会议室里鸦雀无声，徒留寂静。

正如西比拉尼所说，刚才的一击已经让海贼们充分体会到了戴伊基军的意向和态度。就威胁而言，效果可谓出类拔萃。

但是……

我依然记挂着某些问题。

戴伊基军已经将海贼岛完全包围，堵死了一切出路，到底还有必要动用最强武装，发起攻击吗？假如是想威吓、震慑对手，也不用做到这份儿上。诚然，西比拉尼的态度给人以一种炫耀己方军力的感觉，可即使如此，也无法掩盖其本质，简直就像是……

就像是戴伊基军正处在焦虑之中！

为了不让史奇拉斯塔斯以及与他相关的人被转移到其他地方，戴伊基军已经不择手段了，这背后应该有某种理由！

我必须深思熟虑，将隐藏在水面之下的麻烦也一并考虑进去，以抑制这场骚乱。

"唉——"

我心情沉重，默默地叹了一口气。

格奥尔松看着莱泽·利斯卡瑟微微低头，陷入思考的样子，暗想道：不愧是她。

莱泽·利斯卡瑟的意志非常坚强，在面对戴伊基帝国的将军时也毫不退缩。比如这场突袭，她或许也觉得恐惧，觉得愤怒，但这丝毫没有影响她的判断；她明明情感丰富，却不会被情感所摆布……凡此种种，皆是一名理想的领队人所应具备的素质。但凡感性不够敏锐，就无法察觉到局势的变化，但凡感情泛滥，就难以做出冷静客观的判断，因此，维持理性与感性、理智与情感的"平衡"是非常重要的。

"我果然没有想错。眼下这桩难题的最优解法，就是把命运交付到这位'代赌'女士手中！即使这最终意味着海贼岛的终结，也是无可奈何的。"格奥尔松再次坚定了自己的决心。

第四章　沉默

the man
in pirate's
island

"哎呀……"

少年赤着身子，魔导师盯着他的后背，发出了一声叹息。

那后背实在太美了，褐色的肌肤十分紧致，不见一丝松垮、一寸赘肉，上面还有魔导师亲手刺下的防御咒语。

而实际上，少年全身都文满了防御咒语，这为他那美丽的躯体增添了一份神秘的光彩。

"尼加斯安格老师，怎么了？"趴在台上的少年爽朗地问道。

他们两人已经相识好几年，熟悉到能够从对方的呼吸中分辨出情绪。

"没什么，我只是有些自我陶醉，觉得自己干得太漂亮了，三世大人。"

魔导师彬彬有礼地答道。其实他的年纪足以成为少年的父亲，但依然保持着绅士般的态度。

"它是我这辈子最好的作品。不论过去还是将来，我都无法刻出超越它的纹章。"

"是因为报酬的关系吗？没有其他客人会付得比海贼首领更多了吧？"少年说着，便"嘻嘻"地笑了起来。

然而，魔导师只是一边微笑，一边果断地答道："并不是这样的。确实，您在预算方面毫不吝啬，这一点发挥了很大作用，让我能够放手去做，不过事实不仅如此。除了我文入的内容，纹章的质量高低还与被文者的资质有很大关联。身负全世界最强大的防御咒语，就意味着要亲身承受相应的重压。实际上……"

说到这里，他的脸上掠过了一丝阴霾。

"实际上，我曾有过一次重大的失败。"

"尼加斯安格老师，那不可能是你的错。肯定是对方欠考虑了。"

少年的声音极为温柔。

"对方？不愧是您啊，能够下这番断言。您仿佛打一出生就抱着强烈的觉悟，而我不像您这般强大。"少年的话让魔导师发出了感慨，语声中甚至夹杂着一丝畏惧。

"可你创造防御咒语的技术明明是世界第一。"

少年有些调皮，魔导师只得苦笑着反问道："您觉得，我为什么要不断磨炼自己的本领？"

"因为你有这份才能？"

"恰恰相反。我既没有天分，又不是魔导世家出身，我之所以努力，全是由于害怕。承认自己一无是处真的很可怕。于是，我不顾一切地研究着魔导技术。"

"有一份深入研究的事物，真的很棒哦。"

少年说话的方式总给人一种通透的感觉。

"也许吧。不过，随着我的技术不断进步，我终于意识到，它带给我的压力已经超越了我所能承受的上限。"

"哦？"

"即是说，我的技术并非为了我而存在。我无法因为它而感到安心，而它却开始消磨我的心灵。为了得到安宁，我只得付出这样的代价。于是，我反过来成了技术的载体。当我察觉到这一点时，果然出事了。"

这位举世第一的魔导师露出了自嘲的微笑。

"就是你失败的那次？"

"嗯。"

"原来是这么回事啊……"少年点点头，似乎能够理解，接着又提出了新的问题，"尼加斯安格老师，你怎么看待我父亲？"

"……啊？"

这突如其来的一问，让魔导师有些不解。

少年则继续道："为什么父亲要让我文上这些纹章，他自己却不文？"

"……这不是我能评价的。"魔导师含糊地答道。

"也是。反正我和你一样，只是个载体，乖乖地接过父亲从外公那里继承下来的一切就好。"少年边说，边带上了浅浅的笑容。

"……"

魔导师不知该如何回答。

"哎呀，你不用介意，我不是在抱怨。但我总觉得你和我父亲是同一类人，说不定能理解他的心思。"少年的语气依然平淡。

"……"

这一刻，魔导师开始怀疑自己或许犯下了一个大错。不安在他的心中如乌云般涌现。

给这名少年，不，给这个男人文上世上最强大的"盾牌"，真的妥当吗？他会如何使用这些防御纹章呢？而结果又是否会给这个世界造成无法挽回的影响呢？

然而，这位魔导师并没有亲眼看到这些纹章的实际用途。因为十几年后，他离奇地死在召开"极限魔导大会"的紫骸城中。这真是一项可悲的证据，证明了他的技术确实无法用于自救。

"你就是在这里发现夜壬琥公主的遗体的？"

ED四下打量着公主生前居住的"特殊客房"，悠悠问道，就像是在夸赞一处观光名胜。

"……"

我——卡西亚斯·莫罗也获准与他一起入内，却说不出话来。这里不愧是落日宫最高级的房间，从房间的面积到家具，再到采光等，总之一切配置都和我房间里的截然不同。

但ED好像一点都没有被这股高级感"吓"得束手束脚，只管悠闲自在地走来走去，接着表扬道："这里全是窗呢。"

确实，这间房间几乎没有传统意义上的墙壁，四周都使用了透明的材料。

"这是特制的，稍微操作一下就能变成半透明或者不透明的。"

给我们带路的尼托拉伸出手，放到了正中的柱子上，透明的"落地窗"便随之开始变色。

"这间房间位于塔顶，所以即使装着透明墙，从下往上看时，也照样看不见房内的景象。"

ED说着，打开了一扇窗户，向下俯瞰。清风阵阵，从窗口吹入，令人倍感舒适。

"这种材料不会双向透光，所以从外面看不见房内，是吗？"

"因为这间房间很特殊，原本是专门提供给那些可能遭到暗杀的客人的。"尼托拉一边叹气，一边说道。

毕竟他对这间客房深感自豪，可它这次没能起到任何作用。

"事实上，我根本不知道夜壬琥公主是不是被史奇拉斯塔斯先生杀害的。出于警备需要，这里设有多重魔导设备，案发时它们并没有任何异常。"

"现在也在运作吗？"

"不，早就中止了。戴伊基军的人员在这里调查，要是它们自动把'入侵者'都杀死，可就出大事了。"尼托拉苦笑着说道。

"戴伊基军已经把这里查遍了？唉……他们肯定把难得残留在现

场的痕迹都给弄没了。"

ED似乎有些扫兴，摇了摇头，但很快又恢复了精神。他回头看向尼托拉，开口道："所以我才要请你这位第一发现者过来啊！"

"嗯？"

"能劳你在这里说明一下发现遗体时的情况吗？我理解能力比较差，就算在其他地方听过来龙去脉了，也还是不太明白。"ED一边说着，一边走向地面上画有白线的地方，"当时，包裹着公主的大水晶就倒在这里，是吧？"

"是的，当时我从房门口的短楼梯上来，立马就看到了。"

这里是塔顶，自然没有走廊，只能在楼板上开个洞，通过旋转楼梯出入。而上楼后，还要再走一小截楼梯，才能抵达夜壬琥公主的房门口，要敲门也得在那里敲。说白了，入侵者即使冲上塔顶，也不可能直接攻击房里的人。

"是正面吗？"

ED正在抚摸地面。

"什么？"

"你进来的时候，第一眼看到的是夜壬琥公主的正面吗？"

尼托拉仿佛恍然大悟，赶紧答道："是，是的！没错！她是正面朝向我的！可您怎么知道？！"

"没什么理由，直觉罢了。"ED草草地敷衍了过去，接着提出了新问题，"家具都是什么状态呢？七倒八歪的吗？"

"这……说实话，我当时太震惊了，没怎么注意周围的情况。"

尼托拉看起来很内疚。

"你对家具没什么印象，对吧？"

"是的，真不好意思，我答不上来。"

"哪里的话，'没有印象'也是一种鲜明的印象哦！"

ED似乎话中带话，我不禁有些好奇，便问道："您是掌握到某些线索了吗？"

"不，这里什么都没有。"

ED摇着头，下了断言，我感到好一阵丧气，他则毫不客气地继续阐述道："总之，我们可以确定，直到尼托拉先生打开大门之前，这间房间就是一间真正的密室。除非夜壬琥公主自己开门外出。"

"欸？"

听到这句话，我和尼托拉同时看向ED，发出了惊呼声。

"难道不是吗？假如她本人主动开门，那么'密室'之说根本就无法成立了。"

"您的意思是，公主有可能'引狼入室'了？这……这可能吗？"

尼托拉怀疑道。我也不可置信地点了点头，附和道："是啊，而且就算凶手是被她放进屋的，可杀了她之后又该怎么逃出去呢？"

"这间房间的门能一直保持在打开状态吗？"

ED问道，尼托拉摇头，给出了否定的回答："不能。开门之后，只要过一段时间它就会自动关上。如果往门缝夹东西，结界又会发挥作用，所以，除了取得房间使用权的夜壬琥公主，别人基本上都没法出入这里。"

"原来如此，守备确实很严密。"

"不过，只有我可以自由进出。"

尼托拉毕竟是这里的经理，说罢便拿起万能钥匙给我们看。

"当然，我的开门记录都会被魔法自动记录下来，戴伊基军已经彻底查清了这一点。而且我不懂那种结晶咒语，无法把她封印在水晶里。"

"说起来，史奇拉斯塔斯在进入魔导师行会时，是以'艺术魔导师'的身份注册的吧？这类魔导师的注册条件之一就是'注册者的技术无法用咒符等工具复制'。"

ED点着头，似乎是回想起了嫌疑人的相关信息，接着道："唉，我们还是把水晶的问题放一放吧，得先研究凶手是如何入室的。夜壬琥公主真的不可能主动让对方进来吗？有什么人能让她放松警惕，下意识把门打开呢？"

他叩着自己的面具，又转换了思考方向。

我和尼托拉面面相觑，想到了一个完全符合条件的人选。

"夜壬琥公主去世前几天，有个男人造访了落日宫，公主应该愿意为他开门吧。"

"他现在在哪儿？"

"失踪了。他叫基里拉杰。夜壬琥公主在这里等了整整三年，就是为了等他。"

尼托拉沉声答道，那声音听起来就像一杯浑浊的浓茶，只有浓郁的色泽，品之却无任何芳香。

"对哦，的确有这么一回事。他到底怎么了？"

"不知道，所以其他客人也都很困惑。他和这桩案子应该没有关系，却消失得无影无踪。"

我耸耸肩，说出了那个男人的奇怪之处，而ED仍轻叩着面具，问道："在你们看来，基里拉杰是个什么样的人？"

"我们才想问呢，"尼托拉苦笑道，"他给人的印象挺模糊的，我至今还在怀疑，他到底是不是夜壬琥公主苦等多年的恋人。"

"你觉得他可能是假冒的？莫罗先生你怎么看？"

"我的感觉和尼托拉先生差不多。"

"其实，比起好奇他的身份真假，我更怀疑夜壬琥公主是否真的有'恋人'。"尼托拉微微加重了语气。

"哦？此话怎讲？"

"夜壬琥公主自称在等某个人，但我觉得这是假话。她真正在等的，是一些抽象的东西，类似于'天启''神谕'等。"

尼托拉仿佛正看向远方，他大概也对夜壬琥公主抱着憧憬之情。

"所以，所谓的'恋人'只是她的'妄想'？"

ED有些不怀好意，尼托拉接下来的回应中也带上了一丝赌气的感觉。

"她是个极为聪明、理性的人。整座落日宫里，都没人能够在辩论中胜过她。诸如'妄想'之类的说法，全都是被她驳倒的人心生嫉妒，谣言中伤。"

"但她也的确不肯正面说清自己等的究竟是什么，不是吗？"

"嗯……话虽如此……可如果那是类似于艺术家的'灵感'的东西，也难怪本人无法说清啊。"

"也许吧。又或者，她从一开始就不打算和任何人交心，这才故意保密的。"

ED一点都不留情面，似乎让尼托拉有些难过，只见他的脸色越发阴沉，不停叹着气，承认道："确实有这个可能。她经常流露出居高临下的态度，只不过，这并不是因为她的美貌和地位，而是由于她的智慧胜过他人。"

"她真的是那种态度吗？搞不好只是大家羡慕她，所以才高看了她哦。"

"欸？"

我和尼托拉都听得云里雾里，ED耸耸肩，又回到了原本的话题上。

"比起她，我们还是先来考察一下这位自称是她恋人的男士吧。基里拉杰看起来是个怎样的人？"

"长相的话……蓄着络腮胡。"

尼托拉刚说完，ED就突然"噗"的一声笑了出来，随后非常意外地说道："怎么偏偏是络腮胡啊。"

"请问，络腮胡怎么了？"

"哈哈，络腮胡能遮住大半张脸吧？胡子从嘴边，到脸颊，包括下巴，全都长成一片。"

"嗯，就是探险家常留的那种胡子。"

"哈哈，胡子啊……"

ED还在发愣，可是我们完全看不出其中的缘由。

"唉，简单地说，他邋邋遢遢的。"尼托拉总结道。

"但是，他的服饰穿着并不脏吧？"ED问道。

不过，这与其说是发问，倒更像是在仔细地确认着某些猜想。

"嗯，那是当然。毕竟衣衫褴褛的人根本没资格和落日宫的工作人员搭话。"

尼托拉语带自豪，仿佛在夸耀这里是全世界屈指可数的高级住所。当然了，ED对这些根本毫不关心，一边"是啊是啊"地随口附和着，一边提出了新的问题。

"更关键的是，他看起来是从事什么职业的？"

"我想想……"

尼托拉露出了为难的表情，将视线投向了我。

我点点头，代他答道："我觉得那位男士很难捉摸。"

"明白了。那么，硬要说的话，他给你怎样的感觉？"

"这个嘛……"

见我有些迟疑，尼托拉倒是露出了一丝恶作剧般的表情，说道：

"硬要说的话，他很像您这位钻研界面干涉学的学者哦。"

"是吗？但我是个特别普通的人啊。"ED有些意外地答道。还真是当局者迷，旁观者清。

"怎么说呢……他和您都是为人和气，做事不露马脚的那类人吧。"尼托拉补充道。

"原来是这样，他个子不高？"

"嗯，不高……不对，反而算是矮个子。不是那种男人味十足的壮汉……"

"换言之，他和夜壬琥公主并不般配，对吧？"

"说实话，确实。"尼托拉肯定道。

"和史奇拉斯塔斯相比呢？"

"这个嘛……"他又摇了摇头，补充说，"那位艺术家先生在情场上是出了名的有手腕。"

这番话对他而言似乎有些难以启齿。

"然而，他的魅力对夜壬琥公主丝毫不起作用？"

"嗯，他可狼狈了。"

"史奇拉斯塔斯是如何向公主求爱的？他真心喜欢公主吗？"

"绝对不！对他来说，夜壬琥公主很难追到，所以才有'征服'的价值。仅此而已！"

尼托拉的声音中明显夹杂着轻蔑，表情里带着刺人的感觉，就像是在口腔中噼啪作响的碳酸饮料似的。这才是他对史奇拉斯塔斯的真实看法。

"夜壬琥公主也看透了这一点吧？"

"应该吧。毕竟她当着大家的面，狠狠打击了史奇拉斯塔斯先生。"

"哦？"听到这句话，ED的眼睛一下子亮了起来，"她让史奇拉斯塔斯先生蒙羞了？"

"嗯，当时史奇拉斯塔斯先生说了句老掉牙的求爱台词，差不多就是'不必被命运所束缚'之类的，而公主回答说'任何人都在等待着无可避免的命运'，并且漂亮地论证了自己的观点。在场没有任何人能够反驳她的话。"

尼托拉再次流露出了悠远的目光，就像是在虚空之中找寻夜壬琥公主残留的幻影。

ED对他的感慨没有多加理会，只是苦着脸，扔出了一句"确实，那时的落日宫没一个人有公主那份机敏，能够和她谈论'命运'"，听来还有几分嘲讽。

"您这是什么意思？"

尼托拉不禁皱眉，ED再次无视了他的问题，自顾自地追问道："史奇拉斯塔斯受辱之后过了多久，基里拉杰才到访的？"

"咦？这……话说，这一点很重要吗？"

尼托拉当然会觉得可疑，但ED斩钉截铁地表示这很重要。

"……哦……差不多过了三天吧。"

"他一来，公主就再也没出过房间了吧？"ED断言。

我们都大吃一惊，尼托拉更是忍不住问道："您这么一说，还真是这样……可您怎么知道的？"

ED耸耸肩，回答说："因为她的恋人蓄着络腮胡。"

依然是让人毫无头绪的发言。

"啊？"

我和尼托拉惊讶地瞪大了眼睛，ED却并不在意我们的反应，用指尖叩着面具，独自嘀咕道："三天……三天啊……"

"请问，您觉得基里拉杰真的是夜壬琥公主的恋人吗？"

尼托拉似乎很不愿承认这一点，ED的口气还是相当随意，说道："'基里拉杰'在古拉格纳斯语中，是'日落'的意思。"

尼托拉立刻变了脸色，问道："这？这果然是夜壬琥公主对我们开的玩笑！这里叫落日宫，所以她就套用了这个名字！"

"可能吧。"

他不置可否。这一刻，我产生了一种想法：难不成……他对戴伊基军说的话并非胡扯？他真的受了月紫公主的委托？

月紫公主是夜壬琥公主的亲人，他估计就是从她那里得到了我们所不知道的情报。而他若是因此才摆出一副让人捉摸不透的态度的话——这家伙，或许真是个大骗子。

我对这个戴着面具的男人有了全新的认识。虽然不知道他准备如何利用我，但我绝对不能大意。

恶果的根源究竟是不是"大意"，在事后回顾时，当然任由世人评说。但至少尼逊·穆甘杜二世被暗杀的时候，绝对没有放松警惕。他提前对目的地做了充分的调查，将风险全都扼杀在萌芽阶段。怎奈对方是从他无法避开的方向袭来的。


尼逊和妻子艾丽拉收到了伊缪洛斯王国的邀请，参加他们的新国王继位仪式。那是一个小国，海贼组织很早以前就开始向他们提供资金援助。

伊缪洛斯的首都是一座观光都市，正在举行华丽的游行活动。他们夫妻二人从阳台观赏着整座城市的盛况，不久后，艾丽拉就离席，和社交界的友人聚会去了，留他一个人在原地继续看风景。

他已经半年左右没和妻子见面了，结果这次也仅仅是在一起坐了一会儿，连像样的话都没说上几句。

他一手拿着酒杯，但基本上没喝。他并非不沾烟酒，只是绝不会过度；他或许是喜欢那些的，却看不出他有多享受，而且外人根本判断不出他真正的爱好。

——他的生活中到底有乐趣可言吗？

警备队长马伊西斯站在尼逊的身旁，不知不觉就琢磨起了这个问题。由于工作，他已经跟了尼逊好几年，却从未见过这位首领懒散的样子。

他觉得尼逊不会把弱点暴露给任何人。即使对妻子艾丽拉·穆甘杜亦是如此。他们夫妇的心意并不相通。当然了，他们是出于战略考量而结婚的，相处成这样也不奇怪。然而……首领作为外人，为了继承"穆甘杜"的姓氏，就必须延续穆甘杜一族真正的血脉，而夫人光凭这个名号也无法平安生存下去，所以需要丈夫的力量。最终，他们之间真的仅限于此了，没有更多的情分。

担任要人的警备工作时，最重要的就是在尊重保护对象的同时，不被对方的威严所束缚。如果有所顾虑，那么很可能无法彻底护住对方。所以即使保护对象是自己的主人，警备们亦不会对其言听计从，反而经常会对主人们下令，要求他们配合。

尼逊在这方面倒是从不任性，总是很听警备的话。

包括这次也是。由于和妻子艾丽拉同行，在优先保护哪一方的问题上，他只说了一句"你来决定"，便不再过问。目前，艾丽拉去了别处，负责保护她的警备员便跟着她一起离开了。

马伊西斯以前是佣兵，结婚生子之后便转行从事了现在的工作。海贼组织在他们一家所居住的国度里拥有很大的影响力，他的家人算得上是"人质"，但他们过得还算自由。马伊西斯经历过战争，好不容易才存活下来，实在太了解世上不存在绝对安全的社会。通常来说，普通的政府不会在战争中保护每一位国民；可只要他不背叛海贼组织，组织就一定会保护他的家人。

至今为止，他已经多次从暗杀之中救下尼逊，靠实干取得了信赖，他本人也以此为傲，完全不因保护对象是犯罪者而心虚。

每当他出面负责警备工作，在敌方行动之前，他总会察觉到"不协调感"，比如这不对劲、那有古怪。这是非常重要的本领。若单纯抹杀感情，履行义务，可做不到这一点，还必须依靠马伊西斯本人的感知能力才行。

"嗯？"

眼下，这份感知能力就被唤醒了。

游行的队伍从眼前经过，观景的阳台和街道之间布置着肉眼不可见的结界，不必担心受到物理或者魔法类的攻击。

"不对，我还是觉得有问题！"

他开始四下张望，虽然尚不明白"问题"究竟出在哪里，不过现状确实和他预想的有些不同。

看到他那严峻的神色，尼逊问道："怎么了？"

"这里有古怪……"

"要换个地方吗？"

尼逊立刻征求他的意见，然而他一时间无法判断。

要是不看出问题所在，就没法回避危险。是什么？到底是哪里出现了异常……

他依然在不停地扫视四周。

可接下来，他的表情立刻转为惊愕。

难道……这怎么可能？！

他终于察觉到了异状的源头。它分明一直近在眼前，他却完全没有发现。那一刻，他意识到自己犯了大错！他一贯保持冷静，甚至与尼逊维持距离，这一切的努力都是为了及时察觉出异常，可是一旦自己和尼逊处在同一场所，便和这位首领产生了同样的疏忽。

"——什！"

他大叫起来，可他的话没能说完，他们所在的阳台就被爆炸席卷了。


"喊。"

有两个人影正在稍远处观察着那场爆炸。

"这算什么，就这样被干掉了？"

其中一人是一名少年，他的表情正因为不快而扭曲着。

"怎……怎么回事……"

另一人便是尼托拉·利托拉。看到主人遭到攻击，他无法掩饰震惊之情。

可是他身边的另一位主人（对方现在只有他这一位部下）却没有一丝动摇，冷静地说道："总之，先控制现场。假如人还活着，那就没事了，不然的话，得尽快做出应对。"

"明……明白了！"

说完，两人便火速行动了起来。

周遭已经陷入了恐慌，游行的队伍也乱七八糟，人们四处逃散。讽刺的是，爆炸的冲击撞上了包裹着阳台的结界，波及范围有限，只是把游行搅得大乱，而结界也被震碎了，外人可以毫不费力地进入阳台。

"——唔！"

只一眼，尼托拉就明白自己来晚了。

残缺不全的阳台上一片狼藉，根本无法通过不完整的遗体辨认出死者的身份。

"可……可是，这里的警备工作那么严密，到底为何会如此……"尼托拉茫然自失，少年则无视了他，只是淡然地在废墟中搜寻着什么。

他发现了两具重叠在一起的躯体，上面的人明显已经死了。他翻开那具遗体，仔细观察了被压在下方的男人，随后瞪圆了眼睛，发出了"哎呀"声。

听到这声音，尼托拉一个激灵，朝少年看去。

只见一个男人倒在地上，几乎被瓦砾掩埋了。

方才还覆盖在他身上的男尸，生前似乎是想要掩护他，然而还是有一大块碎片深深地刺入了他的腹部。

这名受到致命伤而倒地的男子，无疑就是尼逊·穆甘杜二世。

"是父亲。"

少年的声音很是沉静，甚至带着几分漫不经心，这让尼托拉感到一阵寒意。

"……"

尼逊一息尚存，眼中还带着充满意志的光辉，那双瞳孔上也映出了儿子的面庞。

少年正紧绷着一张脸，说道："父亲，这下我可头疼了啊。您要是在这种时候死在这种地方，实在不妙，您所承担的问题和麻烦全都会转移到我身上。请您多少先做些准备工作再死啊……"

亲生父亲即将不久于人世，可从他的话语中，感受不到一丝哀悼之情，唯一让人好受一些的，就是他并非幕后真凶。而他这么早抵达暗杀现场，基本上也是为了表明自己其实一直在暗中悄悄监视父亲。

"……"

尽管儿子的态度冷酷至极，但尼逊没有做出任何回应。

"尼托拉。"

少年无视了父亲，直接呼唤站在背后的部下。

"您有何吩咐？"

"禁止任何人对这次的暗杀做出报复行为，也不许调查暗杀的实施者和策划者……对了，父亲给这个国家的新国王继位典礼送了多少礼金？"

"啊？哦，金额是——"

那绝对不是一个小数目。换作一般平民百姓，都足够富裕地过上三辈子了。但少年只是点点头，说道："再给新国王送一次礼金，金额就和父亲给的一样。"

"欸？"

尼托拉大感不解，可很快又领悟了少年真正的用意——即便穆甘杜二世死在了这里，索基马·杰斯塔尔斯也不会受到影响，马上就会重整旗鼓。

于是，他刻不容缓地答道："遵命！属下立刻就去准备！"

"拜托你了。哦，对了……"少年若无其事地继续道，"古多斯的组织还在吧？毁了它。它就是这次的罪魁祸首。"

"什么？"

尼托拉终于露出了惊恐的表情。

"恕我直言，古多斯已经发誓效忠于您，这次的暗杀和他们没有关系！"

"我知道，所以他们才最适合拿来做替罪羊啊。反正他们也会怀疑，自己内部是不是出了叛徒，从而陷入混乱。我们就能趁机轻松歼灭他们了。"

"……"

"不管暗杀的幕后黑手是谁，现在都已经不重要了。最要紧的是——我们必须对内外都证明，组织绝不会因此出现裂痕。复仇确实没有意义，可是，我们不能让别人觉得我们连复仇都办不到。所以说，我们不用去管有没有报复错人。"他清晰、果断地说道。

"……属下知道了。"

尼托拉只能点头。

"快去落实吧。"

少年挥了挥手，尼托拉飞也似的离开了，少年和父亲被单独留在了原地。

"……"

尼逊气若游丝，用失焦的双眼看向没有做任何施救措施的儿子。

"好了，父亲，"少年看向临终的父亲，问道，"您想对我说什么吗？"

"……"

"您不开口，我是不会明白您的心思的。"

少年强调道，可父亲依然不发一言。

"……"

他的眼中仍残留着生命的迹象，如果有话要说，还是能留下若干遗言的。

可是，他一声不响，只是凝视着既不打算救他，也无意为他复仇的儿子。

"……嗯？"

少年终于露出了讶异的神色。他本能地感受到，父亲之所以沉默，并非是由于失败而绝望，可他也不明白父亲真正的想法。因为那完全超出了他的理解范畴。

"您到底想说什么？"

少年有些焦躁，甚至对将死之人提高了嗓门。

"……"

父亲果然没有回答，却沉着、优雅且安静地微微一笑。

他的身上开了一个大洞，洞中原本还有杂音发出，类似于急促的呼吸声，可最终连那些杂音也消失不见了。

少年脸上明显带上了不快。

他回想起了父亲曾经说过的话——在人的一生中，失败和背叛是无可避免的，所以最好提前决定自己要在哪里失败、被什么人或事背叛。

莫非，他已经预测到自己会在生命的尽头被儿子舍弃吗？

——这不就完全是……

少年盯着亡父的遗容。他看不透那副表情中究竟蕴含着什么，但有一点是可以肯定的。

——这不完全就是在向我炫耀，他是对的吗？

少年只能这么认为。

——还有，为什么他最后什么都没有说？他的沉默到底是什么意思？

这个谜团深深地扎根在他的心底，并且一直残留在那里。

尼逊・穆甘杜二世的死讯很快就传遍了全世界，给世人造成了极大的冲击。

然而，更令人震惊的是，继承人穆甘杜三世完全没有露面，而且海贼组织也和原先一样——不，甚至是变得更加稳固、顽强了。

一切都快得可怕，一切都反映着新首领的决策。这个组织不容有人忤逆首领，造反的旧部也都不在了。不仅如此，其他组织中也有很多人认为对抗海贼组织是没有意义的，准备主动投降，加入麾下。

当然，相传暗杀了穆甘杜二世的组织顷刻间便被消灭了，而任何国家和政府机关都决定不予干涉，让真相永远埋葬在黑暗中。

某天，艾丽拉・穆甘杜出现在距离海贼岛最近的港口城市里。

她穿着斗篷，戴着大大的兜帽，挡住了自己的脸。她搭乘的船没有按照既定的航线行驶，而是来到了这个港口，这让她感到惊慌。

港口的工作人员本该把她托运的行李都搬过来，不过由于手续办理太慢等缘由，他们还未现身；再加上不检查行李就不能上船的规定，眼下，虽然其他乘客都已经入座，她也想尽快乘上下一艘船，却只得独自一人站在船前等候。

"嗨，夫人你好——"

过了三十分钟左右，工作人员才推着平板车，将她的行李运了过来。

"你们干什么去了？也太慢了！"

她气得喊了起来，暗暗决定不给小费。还是个少年的工作人员憨笑着答道："发生了很多事嘛，我们也被折腾得不行。"

"那你怎么还磨磨蹭蹭？船就要出发了，快点搬！"

她已经有些歇斯底里了。

"哈哈……船不会开的。"少年悠悠闲闲地答道。

"啊？你算什么东西，怎么知道船会不会开？"

她愤怒地吼道，可少年静静地摇了摇头，说："我知道啊，毕竟命令里就是这么说的。"

"……欸？"

这时，她终于觉得这名少年不一般。

她仿佛见过这张脸，尽管一时之间想不起来究竟是在哪见的，但总觉得眼熟，不过又似乎并没有真的和他打过照面。

有古怪。

她从这名少年身上觉察到了一种不协调感。

没错，这种感觉很接近于看自己的肖像画。人常在镜子里看到自己的脸，但是肖像和镜像的左右不一致，所以给人的印象也有所不同……

——镜子？！

她终于明白了，不由得惊讶地出声道："你，你是——"

这名少年确实和她长得很像，只是表情与她至今为止见过的人都不同。他们已经十多年没碰面了，当时他还是个幼童，所以如今的他已经没有了当年的影子。他所经历的岁月造就了现在的他。

"初次见面——我可以这么说吧？母亲。"

少年向她微微点头，而且完全没有流露出重逢的感动，就像在对陌生人行礼致意一般。

艾丽拉曾想过，他或许会派人来追踪她，但根本没料到他"本人"会这般随意地出现。

"您要去哪儿？组织目前还不稳定，一个不凑巧，您或许会遇到生命危险哦。"

"……"

她无言以对。

"明明您之前才好不容易捡回一条命呢。穆甘杜二世被炸死的几分钟前，您还在他身边……可要好好珍惜性命呀。"

"……"

"哎呀，放心吧，'凶手们'已经被我解决了，您不必害怕他们接下来会对付您。"

"你……你……"

艾丽拉的声音颤抖不已，可少年依然沉静地说道："穆甘杜二世的警备员叫作马伊西斯，非常优秀。事发后我立刻调查了他的遗体，通过魔法抽取了他死前的记忆，但他的眼中没有看到任何异样的东西，这很不寻常。"

少年顿了一顿，摇摇头，继续道："周围的警备状态和平时一样周全，并无任何异状。所以，我不得不认为，问题就出在阳台内。"

"……"

"嗯，我指的正是您离开时，留在现场的警备员。"

"……"

"当时，保护二世的警备员和保护您的警备员混在一起。由于您二位总是分头行动，各自带人也是很正常的。随后您说要和朋友见面，便领着隶属于您的人马离开了，只悄悄留下了一个自己的警备员……"

少年的表情没有一丝波澜，又接着说了下去："那家伙就是'人肉炸弹'。作为穆甘杜二世的警备总负责人，马伊西斯肯定检查过自己手下的人员，不过他没法彻查您的人。于是，漏洞就这么出现了。再加上警备员基本上都会站在彼此的视觉死角上，相互补位，只管监视不同的方向，而不会监视其他警备员。真是巧妙的法子啊。"

"……"

艾丽拉面色惨白，哑口无言。

"接下来怎么办呢？姑且先听听您的理由吧。"

少年随意地向她提问。

"你……"艾丽拉的嘴角不停抽搐着，反问道，"既然你已经知道那么多了，为什么不对伊缪洛斯王国采取任何行动？"

是的，在游行集会中布下死亡陷阱之后，始作俑者必须消失才行。在大部分情况下，所谓的"绝妙机会"其实并非偶然遇上的，而是自己创造出来的。

至于他们的共犯关系，到底哪一方是利用人的，哪一方是被利用的，追究下去也没有意义。反正归根究底，"共犯"的本质就是相互利用。

"哦，他们又收到了一笔礼金，是我用'穆甘杜三世'的名义送的。"

少年微笑着说道："他们也没什么可做的了。难道要主动向世界公布，说自己暗杀了首领穆甘杜二世？呵呵，他们已经不可能夺取我们组织了，又有什么必要这么干呢？"

"……"

"现在，留给他们的唯有'恐惧'，他们肯定觉得，要是被我们得知真相，就大事不妙了。因此，他们不会认为一切都已经结束了，只得好好背起这笔血债，往后再也无法轻率地拒绝我们组织提出的要求。"少年一边轻松地叹着气，一边耸了耸肩，"所以啊，人是不会把一切都赌上的。通常说来，一旦出现了无法预测的要素，那么之前所有的功夫就全白费了。"

艾丽拉一直努力想要把目光从这个少年身上移开，却做不到。到最后，她终于憋出了这样一句话："……你要杀了我吗？"

问题的答案早已明确，少年只是莞尔一笑。

那是一个骇人的笑容。

"母亲，您是穆甘杜一族的人。即使您憎恶这个事实，一心想要逃避，也绝不可能获得自由。

"我怎么会想杀您呢？请您自由地去往世界上的任何地方，而且无论您在哪里，索基马·杰斯塔尔斯都会继续保护您的。毕竟您是伟大的穆甘杜一世的亲生女儿。"

从某种意义上而言，这是判了她无期徒刑——她可以去天涯海角，可以做任何事，但组织依然把她关在"世界"这个大牢笼之中。

"你……你真的了解事实吗？"

她的脸在抽搐，狠狠地挤出话来，随后便如泄洪般倾吐着心声。

"你了解我是抱着怎样的心情活到现在的吗？父亲也好，尼逊也好，总是因为一些跟我没关系的事来决定我该怎样，没有人在意我真正的个性。你明白没有希望的人生是多么痛苦的吗？就连你也……你也没把我当母亲吧？你永远都把组织看得比我重要！"

她的声音越来越高亢，说到最后，她几乎是在悲鸣。

"原来如此。"

少年却没有流露出哪怕一线动摇，果断地回答道："您问我了解不了解，那么我只能说，确实不了解。我毕竟不是您本人嘛。"

不过，他的态度甚至不能说是"不了解""不共情"，而是——漠不关心。

"但是我可以确定，在这个世界上，您是与海贼组织关联最密切的人，既然如此，这不就是您所谓的'个性'吗？但——这也无所谓了。"

他冷淡地把母亲的问题推了回去。

"……"

艾丽拉浑身轻颤，事到如今，或许真不如死了算了，可她清楚自己没有自杀的勇气。

而眼前的少年亦看透了这一点。

"怎……怎么会有你这种儿子……"

她仿佛是在自言自语，少年则再次笑了，答道："毕竟是您的儿子嘛。"

随后，他看向后方的船只，往下说道："您可以去菈萨鲁的疗养胜地，如何？圣波浪兰应该也不错。只要您喜欢，就请随意享受您渴望的自由吧。"

他的声音冰冷而充满压迫感，艾丽拉只得无力地点头应承。

她知道，自己已经没有挣扎的余地了。

等少年将行李运上船后，她步履蹒跚地走上了舷梯。

突然，少年开口道："母亲，或许您是个可怜人，那么我呢？"

"……"

"我——穆甘杜三世也很可怜吗？"

"……"

"还有啊，临死都没有留下遗言，沉默地结束人生，到底是什么意思？我很想知道答案。您又是怎么看的呢？"

艾丽拉并未作答，不过少年也没有感到失望，而是开朗地说："再见啦，母亲！有缘再聚哦！"

这时，艾丽拉总算是给出了明确的反应。她面无表情，连看都不看少年一眼，直接断言道："别开玩笑，不会再见了。"

这便是这对母子最初且最后的对话。

少年"呼"的一声，半是苦笑，半是叹息，接着回头离去了。

孤独的脚步声回荡在港口。

脚步声响起。

一个男人走在海贼岛的走廊上。

戴伊基军包围了整座岛，情况危急，没人敢在这种时候轻松地外出，只有他一个人例外。

"停下！"

他走到过道的一角，守在门前的警备员制止了他。

"我来给客人们送饮料。"

他沉静地说着，还将端来的玻璃杯、茶壶等展示给警备员查看。

"哦，辛苦了。"

警备员立刻让开了，并饶有兴趣地小声问道："风之骑士点了什么，酒吗？"

"不，只是普通的茶水。"

他微笑着从警备员身边经过，随后敲了敲门。

"请进。"

门的另一边传来了男人的应答声，他一边说着"打扰了"，一边走了进去。

门在他身后自动关上了。

客房内部很是豪华，正中间有一张桌子。莱泽坐在桌边，风之骑士希斯罗则站在门旁，拦在了他和莱泽之间。

"久违了，你还是打扮成服务生呢。"

风之骑士紧盯着他，锐利的目光中满是警惕。

他则直面着这样的视线，没有任何动摇，依旧笑脸迎人。

"嗯，因为很方便嘛。"

这世上，能够毫不胆怯地与天下闻名的风之骑士对峙的人，绝对没有几个。

眼看两人气氛紧张，莱泽在他们身后"唉"地叹了一口气，说道："先把茶具放下如何？印加·穆甘杜三世先生。"

闻言，他将目光投向了莱泽，带着笑容，点头答应了："好。"

*

我再次觉得，他看起来真的很年少。和上次见到时一模一样，怎么打量都只有十几岁。

不过他之前说过，自己比看起来年长。那么他究竟多大了？

我还在思考这个问题，只见三世优雅地将茶具放到了我面前的桌上，熟练地开始泡茶。

"哎呀，能见到你们二位，我真的很高兴呢。"他的语气听起来没有任何烦恼，"对了，那位战地调停士先生呢？这次休息？"

"你明明知道的吧？"

我嘀咕了一声，结果三世愉快地笑了起来。

"我确实调查了一下，但不明白他为什么不来这里，反而跑到落日宫去了。"

"他是为了查出真相。"

我用略带戏剧化的口吻答道。其实我心里有些紧张，毕竟眼前这个男人统治着整座海贼岛，其麾下的犯罪组织也遍布全世界，从某种意义上来说，是世界上最为强大的最高权力者之一。而且任何国家的独裁者都会被议会、军方以及国民干涉，唯独他，不受任何制约。

"'真相'吗？"三世"嗤嗤"地笑了，"战地调停士的口才与谋略甚至足以扭曲历史，'真相'这个词可真不适合他们。"

"这次的问题和历史无关，只是一桩杀人案。戴伊基军也好，你们也好，似乎都想把这桩案子搞成历史事件，但好好调查不就能得出答案了吗？"

我带上了一丝赌气的意味。

"原来如此——你的意见是正确的。战争就是由大量不会得到审判的杀人案所组成的。被杀的不仅是敌人，还有奉国命成为士兵的百姓呢，是国家叫他们去死的，这也是'杀人'哦。"

他深深地看向我的眼中。

"这次并不是战争。没错，至少'这次'不是，而我们之所以来这里，正是为了阻止它恶化成战争。"

我也回视着他的双眼。

"你们能办到吗？"

他的语气听起来有几分坏心眼，但我干脆地说道："我说了，我们就是为此而来的。"

听到我的回答如此挑衅，他也收敛了笑意，向我发问："你们不觉得自己被利用了吗？"

"那又怎样呢？我不是那种出世的高人，从没想过要不受利用地活着。问题是自己做了什么？对自己的所作所为有什么感受？"

我嘴上这么说，心里却觉得奇怪，似乎在说着ED的台词。不过我自然不会把这种情绪流露出来。

"我认为我在做正确的事，无关被谁利用。我是凭自己的意志坐在这里的。"

"……"

三世面无表情，我仍旧猜不透他在想什么，然而他的眼睛似乎微微地眯了起来，就像在看着什么耀眼的东西。

"嗯？"

就在我皱起眉头的同时，三世突然移开了眼神，无奈地耸了耸肩，苦笑着说道："风之骑士，你不用对我散发杀气哦。"

我一愣，看向希斯罗，发现他的手确实按在了腰间的佩剑上，做好了随时攻击的准备。

希斯罗淡淡地开了口："请你先解除这个阴森森的印象迷彩[1]。我不知道你到底在隐藏什么，总之这对我是行不通的。"

"欸？"

我看看他，接着又看看三世，却完全看不出三世的行为有异，并不像是掺杂了魔法。

"唉，我是顾及女士的感受才这么做的。"

三世颔首，接着轻声吟诵起了咒文。

下一瞬间，他那褐色的肌肤上就浮现出了深紫色的文身，色彩浓艳至极。

我一下子屏住了呼吸。

---

1 一种针对感官施展的幻觉类咒语，初登场于前作《紫骸城事件》。——译者注

这就是传说中的文身！是属于海贼组织首领的，世上最强的防御文身！

它是那样地诡异，散发出极度妖冶的魅力。毫不夸张地说，我真的看到忘记了呼吸。

"你看吧，利斯卡瑟女士嫌弃我这文身呢。太难为情了，你就让我把它们藏起来吧。"

三世似乎在说笑，而我也回过神来，辩解道："不，不是，我没有嫌弃……"

尽管如此，但我无法否认，这种不祥的感觉也是一种魅力。

我咳了几声，掩盖了自己的动摇之情，对三世说："那个，先不说文身了。实际上，我有一事相求。"

"嗯，我听说了，"他点点头，"你们想见见那位嫌疑人——萨哈连·史奇拉斯塔斯对吧？我这就去安排。"

"他的状态如何？"

"这个嘛……可以说是精神衰弱了吧。他本来就不是顽强的人，这下更是快到极限了。我只能保证，比起跟龙见面，他可是差远了。"

他调皮地眨了一下眼，扯到了上次的事，对我们开了个玩笑。

"他是因为自责才会变成这样的？"

"你这说法，好像他就是凶手似的。"

听他这么说，我有些惊讶，反问道："你觉得他是被冤枉的？"

难道海贼岛窝藏他的理由仅仅是出于良心？

三世露出笑容，给出了一个谜语般的回答："谁知道呢？对我来说，他是不是凶手都无所谓。总之你们见到他就明白了。"

"什么意思？"

"会有危险吗？他会突然袭击莱泽女士吗？"

希斯罗严厉地问道，三世则静静地说："如果他那么做了，你可以当场杀死他。"

他居然能如此淡然地说着这么可怕的话，连我都开始不安了。

"莫非这就是你叫我们过来的目的？要是风之骑士不得已杀了他，没人会有怨言的。"

听到我的"推理"，三世嘿嘿一笑，解释道："不不不，我完全没有这种想法。倒不如说……"

他戛然而止。

"……'倒不如说'什么？"

"不，没什么。你们无论有多警惕都没问题，我们会配合的。"

如此恭敬的说法，着实让人觉得像是在讽刺。

第五章　魔兽

the man
in pirate's
island

"——好！"

在海贼时代，尼托拉·利托拉就已经下了决心。不管结果怎样，他都不会后悔。

三世统帅的组织已经稳定了下来，尼托拉依然担任着海贼岛的综合管理者。从某种意义上来说，这是相当于组织"门面"的重要岗位。

然而，他突然宣布退出，这让所有人都难掩惊讶之意。

"我从穆甘杜一世执掌大权时，就在为组织服务。现在三世成为新的首领，索基马·杰斯塔尔斯的发展也不需要我这种老人家了。所以往后一切就交给你们来判断，不要再受我的影响。"

他在会议上如此说道。

"可，可是，尼托拉大哥您深得首领信赖，没人能取代您的位置啊！"

"正是因此我才必须退出。今后，首领也会给予各位平等的信任。"

他用力点了点头，仅剩下的那只眼睛中透出了不容动摇的坚定，任何人都无法继续反驳。

"但您接下来准备做什么呢？"

"嗯……我打算开一间旅馆。"

这是他第一次阐明自己的构想，也是日后被世人称为"落日宫"的沙龙的雏形。

"当然了，我旅馆的客人可以去海贼岛上游玩，或者从海贼岛回家时顺路来小住，从这个角度上看，尽管我离开了组织，却也不会和各位以及首领断绝关系。"

"您这其实是要自立门户？"

听到这个问题，他笑了，回答说："我只想开间小旅馆，从规模上来看远不能算是'自立门户'呢。"

他的表情非常沉稳，传达出一种主意已定的感觉。

然而，别人都同样露出了不安的神色，眼神四下乱瞟。

没错。他们那位从不现身的首领肯定在聆听着这场骨干会议。如果他不认可尼托拉的想法，那么尼托拉就不可能活着走出这间会议室。

然而，他们左等右等，都没有等到首领的传话。

这或许说明，他同意了。

骨干们总算放松了一些，纷纷点头道："哎呀，既然如此，大家应该可以接受您的想法了。"

"是啊，关于工作的交接，我们再好好谈谈，慎重决定吧。"

"谢谢各位，你们能这么说真是太好了。"

"尼托拉·利托拉大哥，至今为止，辛苦您了！"

骨干们鼓掌致谢，尼托拉也向大家鞠躬。当时，大家看向他的眼神里既有对英雄已老的不忍，也有一份羡慕之意。

"他们想必是在羡慕我能从组织中脱离，不再受到三世的支配吧。"他只得在心中苦笑。

事实和骨干们认为的正相反。他之所以脱离组织，是因为确信自己完全敌不过三世。无论他去往哪里，都会处在三世的影响力之下，无法获得真正的自由。于是他才会决定离开。

而这也正是他在隐退时下的决心：我已经尽力选择了对我而言最好的出路。反正我的整个人生永远都是首领的道具。

事态会如何发展都无所谓。只要他离开组织，穆甘杜三世的选择范围和势力就能进一步扩大。而无论这会给世界带来多么可怕的后果，他发誓——自己都会遵从这一结局。

后来，他建造了落日宫，一直等待着某个时刻的到来。

总有一天，落日宫会发生一些值得向三世汇报的特殊事件。

他等的就是那一刻。

"莫罗先生，这落日宫具有某种特性呢。"

ED见完住在落日宫的逃亡贵族们，才刚喘口气，又去找被戴伊基军阻拦的各国高官咨询了一些问题，随后在落日宫里走了一圈，最后对我说了这么一句话。

"呃，您指什么？"

"不管是逃到这里来避难，还是利用治外法权来获取地下情报，所有人都是抱着'不定时炸弹'的。因此，没人会说真话。"

ED很是得意，表情仿佛在诉说计划进展顺利（当然，由于他戴着面具，我只看得见半张脸的表情）。这下子，我不知该做何反应，毕竟他只是说出了一件理所当然的事。

"啊……这说明什么呢？"

"夜壬琥公主身上肯定也存在着某种祸端吧？"

我们一边交谈，一边走在落日宫的庭院里。

这里是我第一次遇到夜壬琥公主的地方，之后，又遇到了史奇拉斯塔斯。他和我说了话，还用一只小小的水晶独角兽雕塑"收买"了我。是故，对我而言，这里就是那一连串事件的开端。

"有谣言说，圣波浪兰公国原先的掌权者——真拟利根将军对她纠缠不休，于是她就逃到了这里来。"

"可是，真拟利根将军已经'落马'，圣波浪兰公国现在由月紫公主统治，她不必继续留在这里了哦。"

"这我就不清楚了，她从未对我们说起过理由。"

"她只是强调说自己在等恋人吗？那么，她完全可以回自己的祖国等啊。"

ED哼了一声，露出了不快的神色。我有些意外，心想——原来他对夜壬琥公主的印象并不好。

确实，他在提到公主时总是颇为冷淡。我感受不到他对死去的被害人的同情，或者对绝世美女所抱有的好感。

"哎呀，从这里能看到大海呢。"ED环视着庭院，小声说道，接着又问我，"公主她常在这里散步？"

"是的。"

"别人都说她总是独自散步，从不找人陪同，但事实上，她会不会是在和某人幽会？"

"我没听过这种说法。当然，我也是刚来没多久……"

"说得也是，七海联盟是在案发前一周才联系你的，更早的事你肯定一无所知。"

ED颔首，表示理解，接着问道："你刚来的时候，对这里的印象如何？"

"非常壮丽，我觉得自己和这里格格不入。"我坦率地说出了感想，"我不过是个从厨师转行的贸易商人，这里不是我该来的地方。其他住客就像在打扑克，都把牌藏得好好的，我根本看不出应该和谁做什么买卖。"

"通常情况下，那些大人物并未藏着底牌，其实他们从一开始就没有任何想法。"ED嘲讽地牵了牵嘴角，"他们只会摆出一副在干大事的样子，反复折腾各种无聊的阴谋和没有意义的密约，由此坚信，自己推动着这个世界。真是蠢得无可救药了！他们根本不考虑自己想做什么，自己应该有什么目标，只要能用自命不凡的态度向别人示威就满足了，最害怕的就是被别人看出自己的弱点。所以，尽管很多问题一直存续至今，他们也不愿去处理真正重要的事务。为了保住自己那一星半点儿的权威，他们对必须解决的麻烦都视而不见。"

他的语气非常激烈。

"那么您呢？您作为七海联盟的人，觉得什么才是问题？"我饶有兴趣地问道。

他露出了复杂的表情，似乎很难作答。他看似凝视着我，目光却很悠远，像是在注视着我背后那片一无所有的虚空。

随后，他长叹一声。

"我总觉得，大限将至，前路却仍漫长啊……"

"啊？"

"话说回来，我好歹是你的面试官，有权向你发问吧？"

"嗯，当然。"

"莫罗先生，我问你，你的人生目标是什么？"

他问得很是唐突。

"欸？这……现在聊这个话题妥当吗？明明还在调查杀人案呢……"

"没事没事，我是受人委托才查的，还得等对方联络才好进行下一步呢。"

他的语气一派轻松，真让人想不到他正在直面一桩举世震撼的重大谜案。

"联络？"

"嗯，用这个。"

ED说着，取出了半张咒符，看来是将一整张咒符分作了两半，双方各持一半。如果用它来通讯，那么外人便无法窃听。不过，这属于比较老旧的魔导技术，如今可能很难完全抵御监听了。

"案子已经查得告一段落了，我现在正好有些空闲时间，继续给你面试也无妨。"

他把咒符揣回怀里，而我自然没资格抱怨。

"七海联盟邀请你加入的时候，你是怎么想的？"

"我觉得很荣幸。能得到七海联盟的好评，就说明我的事业得到了认可，称得上是一个优秀的商人了。"

"你觉得由此可以赚取更多的金钱吗？"

"说实话，就是这么回事。但更具有吸引力的是，若能使用七海联盟的设备和通商路线，即使我不再辛辛苦苦地开拓市场，想必也能很快接近自己的目标。"

"目标？你的目标不是把生意做大做强吧？事实上，很多人就算受到了七海联盟的邀请，也会因为一心只想做'老大'，不愿听命于人而拒绝加入。你却没有这种想法吗？"

听了他的问题，我微微一笑，说："我本来是个厨师嘛，之所以改行，一方面确实是因为收入不如经商，但更主要还是由于才能不足。我的手艺终究不能让我感到满意。要是不觉得自己做的菜好吃，就没法当厨师了。"

"就是说，你的技术赶不上你那优秀的味觉对吧？"ED点了点头，接着道，"这在某种意义上的确算是悲剧。换作是音乐家，即使放弃了演奏，还能转攻作曲。可厨师就没其他选择了吧？"

"嗯，所以我挑了与厨师关联比较密切的道路，那就是以尽可能实惠的价格，向一流的厨师们提供他们想要的食材，或者为怀才不遇的优秀厨师们介绍好去处，等等。我衷心祈祷着，也许总有一天，有人能够做出我理想中的美味。"

"我认为你做了很棒的判断。实际上，你的做法取得了成功。不过，你就没有遗憾吗？"

ED的语气一派悠然，好像已经不把查案放在心上了，我虽然牵挂着案子，却也拿他没办法。

"这个嘛……我的梦想确实没能实现，但是……"

"你想说，任谁都会有遗憾，任谁都有被自己抛却的愿望，是吗？"

ED抢在我之前说出了我的想法，还不忘补充一句："在你看来，萨哈连·史奇拉斯塔斯像是品尝过这类'遗憾'的人吗？"

"欸？我……我觉得他生来就天赋高超，而且非常清楚自己的价值，于是一直都在享受人生。"

"你认为他从未体验过挫折和绝望，对吧？"

他的问题突然连珠炮似的袭来，仿佛是在质问我。

"是啊，八成没有吧。"

这虽是假设，可我已经把意见表达得很清楚了。

"如果他也会绝望，那么，他绝望的理由到底是什么呢？"

ED提出了一个奇妙的问题。

"您是什么意思？"

"别误会。我是在猜想——倘若他体会到了您当年的感受，也认为自己缺乏实现理想的才能，又会是怎样的情况。事实上，您拥有经商的才干，而他呢？他作为一个半吊子的艺术家，实在太过出色了，因此他或许还留有其他潜力？而此刻的他，在海贼岛上心情如何？总之，我正在琢磨这些问题。结果——"

他用指尖轻叩着面具，面具后的双眼正闪烁着寒光。

格奥尔松带着我和希斯罗前往了海贼岛上的某间特殊客房。萨哈连·史奇拉斯塔斯就暂住在那里面。

格奥尔松在走廊上停住了脚步，苦笑着说道："按他的入住合同规定，我只能走到这里。毕竟我们收了钱，就必须守约。"

那间特殊客房位于走廊的尽头，我和希斯罗并排往前走。此刻的我居然有些心猿意马，想着自己的手都快要和他的手相触了……

突然，希斯罗止住了步伐，我也一起停了下来。

"这是……"

他的视线落向了地面，只见地上附着了许多闪闪发光的小颗粒。

"水晶？是结晶咒语的产物？也就是史奇拉斯塔斯用于艺术创作的那种水晶吗？"

我伸手准备进一步确认那些小粒子，希斯罗急忙握住了我的手，把我拉了回去。

"安全起见，还是先别碰。"

他的语气很是严肃，而我却因为他握着我的手而失去了危机感，只顾着担心自己是不是脸红了。

"是……是吗？但感觉不像是危险的东西啊。"

我遮掩着自己悸动的心情，姑且回答了一番。

"即使是假设，它们也有可能被史奇拉斯塔斯当作杀人的武器，因此称不上'安全'。还是让我来处理吧。"

说完，他便松开了我的手（这让我感到有些遗憾），亲自去接触那些水晶小颗粒。

它们已经半嵌入地面了，蹭也蹭不下来。

格奥尔松在后方向我们说明："这种小粒子溢得到处都是，虽然不知道那位老兄到底在房间里做些什么，可楼上楼下都渗出了这种东西，之后得问他收清洁费才行。"

"他一直在房里念结晶咒语？从来到这里起就一直这样？"

我莫名感到一丝战栗。

"不清楚，他在房间里，我也没法亲眼见到他。"

　　格奥尔松依然带着苦笑。其实，我此刻已察觉到了某种异常，但海贼组织的人似乎并没有这种感觉。

　　我陷入了沉思，希斯罗问道："怎么了？要迟些再见史奇拉斯塔斯吗？"

　　我赶紧摇头道："不，不用推迟。事态重大，必须分秒必争，我们这就进去见他吧！"

　　我重新振作精神，迈出脚步，希斯罗早已紧跟在我的身侧。

　　然而，我眼下没工夫为这些细节怦然心动，只想着解决正事。

　　我站在特殊客房的大门前，尽可能控制住紧张的情绪，极力摆出若无其事的口吻，说道："你好。"

　　接着，我等了一会儿，却没有得到回应。

　　"你好！"

　　我重新开口，同时敲起了门。但果然还是没人理我。

　　于是，我握住了门把手，试着拉扯了一下，门却没有打开。格奥尔松递给我一张相当于备用钥匙的咒符，我把它靠近门边，只听见"咔哒"一声，门闩开了。然而门一动不动，像是有什么在室内抵着它。

　　我看向希斯罗，对他扬了扬下巴。他心领神会，拔出腰间的佩剑，下一瞬间，门就被切出了一块四角形的大洞，切下的门板直接掉向室内。普天之下，也只有风之骑士的神速居合[1]剑术，能够无声地

---

　　1　居合是日本剑术中一种瞬间拔刀斩杀敌人的技巧。——译者注

斩断物体。

随着"咚"的一声巨响，那块门板砸在了地面上。回音响彻了宽敞而昏暗的室内。

"……唔呃……"

一个微弱的男声传来，听起来像是在呻吟。

我观察着希斯罗切出的断面，结果不出所料，上面也布满了结晶，和我们方才在门外看到的一模一样，而房门正是被这些结晶堵住的。

"你就是史奇拉斯塔斯先生吗？"我没有多加客套，语气略为强势，"我叫作莱泽·利斯卡瑟，负责担任戴伊基帝国和索基马·杰斯塔尔斯的中间人。有些事想向你请教。"

我一边说话，一边和希斯罗一起踏入室内。

偌大的房间里摆有大量的家具，只能看到它们朦胧的剪影，不过线条相当硬朗。

"这里太暗了。"

我伸手触摸门边的操作盘，摇了一下控制窗帘的小操作杆。

窗帘拉开了，光线一下子射进了室内，房间的全貌一览无余。

"啊？！"

我和希斯罗同时瞠目结舌，原来塞满了整个房间的不是家具——原本的桌椅沙发等都被堆在一角，破损得不轻。取而代之的则是一座座雕像，恐怕超过了二十，不，甚至超过了三十座，总之数量相当之大。

它们都是由水晶制成的，有人像，龙像，还有怪物像，在阳光的沐浴下熠熠生辉。可每一座雕像的面部均被雕琢得歪斜扭曲，表情苦闷不堪，仿佛在不停地高声怪叫。

而且，所有雕像都是未完成品。有些缺了下半身，有些的右半身还只是未经打磨的原石，有些甚至只雕了眼睛、嘴巴等"零件"。

——这，这是怎么回事？！

我一边无语，一边在那些歪曲的雕塑堆中寻找起住客的身影。

史奇拉斯塔斯就静静地坐在房间正中，简直快要被自己制造出来的东西掩埋了。

"你好——"

我向他搭话，他的后背突然一紧，颤抖了一下，接着缓缓回头看向我。

我瞬间感到无比震惊。

他的头发杂乱不堪，眼下有着深深的黑眼圈，已经呈黑紫色；胡子拉碴，就像是一根根破皮而出的金针，整个人瘦得皮包骨头，脸颊凹陷，甚至可以透过皮肤看出臼齿的排列形状……

我提前看过史奇拉斯塔斯的肖像画，因此完全不敢相信眼前的落魄汉就是他本人。然而，这个双目充血、瞳孔震颤的男人，恰恰就是夜壬琥公主被害一案的头号嫌疑人。

"你是萨哈连·史奇拉斯塔斯？"

听到我的问题，他浑身如痉挛般轻颤着，向我点了点头。

"是……是我……"

他身上哪还有往日里那光鲜时髦的俊男形象，活像是一只快要饿死的猿猴。

"我有些话想问你。"我略带踟蹰地开始发问了，"你有杀害夜壬琥公主的重大嫌疑……"

话刚出口，他那消瘦衰弱的身子就猛地一震，接着低下头来，不停颤抖着。

这种反应也太奇怪了！

我一下子就意识到，循序渐进的询问是没有意义的，所以干脆把话挑明了。

"公主是你杀的吗？"

"我不知道……"

他挤出了这么一句话，声音已然嘶哑。

"不知道？你是在否认吗？"

"都说了不知道！也许是我杀的！也许不是！我不知道啊！"

他突然站了起来，挥舞着胳膊，向我嘶吼着。

"包裹住公主的结晶，是你用咒语制造出来的吗？"

"没错！全世界只有我能做到！"

"那么，凶手只可能是你了。"

"是啊！但，但那不是我干的！我'哈萨连・史奇拉斯塔斯'做不出那种东西！它超出了我的理解！！"

他瞪着满是血丝的双眼，在叫嚣着一些让人不明就里的话语。

"那种东西！那种东西！到底是什么？这个世界上不可能有那么完美的结晶！它肯定不是从我的手中诞生的！不，那是我的本领，明明是我的本领，却为什么不是我的东西？"

他紧盯着一无所有的空中，已经不是在对着我们说话了。

"如果那就是'美'，那我至今为止创作出来的又算是什么？全是不如垃圾的破烂啊！"

他陷入了亢奋状态，开始在房间里四处乱晃，慷慨激昂地说道："当我知道那种东西存在的时候，当我看到那种东西的时候，我就忍不住了！啊！忍不住了！我该怎么办？！我只能逃跑！恐怖感！就是恐怖感！没错！我被它支配了！"

他的语气有些戏剧化，但说起来，我听说过，他在追求女性时也会说这么夸张的台词。

——这就是他的本色吧？不过，若不是这种性格的话，大概就当不成艺术家了。

我有些败兴，只管旁观他的独角戏，心想着他的话虽然不太好懂，但还是先听听他的辩解再说。

"可怕，太可怕了！是的！所以我逃跑了！之后，我意识到自己的感受，十分吃惊！我，我原本一直都不知道，原来它，它——"

他的声音越来越小，嘀嘀咕咕的，我听不清他在说什么，正准备提醒他提高音量时，史奇拉斯塔斯盯着的地方突然凭空浮现出一些光点，而紧接着，光点又明显膨胀了起来！

我下意识地往后退开，希斯罗护在了我的身前，然而，我很快就发现其实没有这个必要。

因为光点直接收拢了起来，凝结成一份固体——这就是史奇拉斯塔斯做出雕像的瞬间。

他似乎在叽里咕噜地念着咒语。固体上显现出一位少女的容颜，它的表情也同样狰狞扭曲……

我默默吞了一口气，尽管这座新雕像绝对称不上漂亮、优雅，却鲜活地呈现出一种诡异的伤感，让见者为之苦闷。

"这……这是什么？"

就连对艺术不甚了解的希斯罗也被它震惊得双眼圆睁。

"厉害啊……"

在我发出感慨的同时，雕像"咕咚"一声掉落在了地上。

它果然和这里的其他作品一样粗糙，即使是不懂艺术的外行人看来，也能明白它实际上并未完成。

"就是这个！"

史奇拉斯塔斯根本没有看向自己刚出品的"大作"，依然注视着空气，叹道："恐怖感！这就是我一直欠缺的东西！在可怕得震人心魄的东西面前，人的心灵仿佛会从根底开始崩毁，所有的喜悦之情都会在一瞬间染上灰色，化作尘土……我的作品里正是少了这种恐怖感！啊！"

他抱住了头，随后跪了下来，又大叫道："不行，我还是不明白！时间！对了，我需要更多的时间！只要再研究一阵子，我肯定能领略那种感觉，抓住窍门！"

他一下子站了起来，紧逼到我的面前。

唔……

我一时意外，没想到泪珠从他的双眼中一颗颗滚落。说真的，这副表情不仅凄惨，更透着令人生厌的偏执。

"拜托了！我，我现在还不能死！我还差一点……不，我的艺术还差一点就能取得伟大的成就了！"

他的尖叫声是那么的刺耳，明明嗓子已经完全哑了，可仍在拼命呐喊。

"……公主是你杀的吗？"

"你说是那就是！但再给我一点时间！我必须要完成我这辈子最棒的作品！绝对不能比那个夜壬琥公主逊色，不然的话，我，我——"

他不停地叫喊着，我凝视着他，然后不知不觉间想起了某人曾说过的话——

人的心中都沉睡着一头魔兽。

普通人不会发现它，就这样安稳地度过一生，只有极少数人能够看到它。

而见过它的人，是无法回归平凡生活的。

他们会被魔兽附身，觉得除它以外的任何东西均失去了魅力，而他们仅剩的人生之路，便是亲自将那头魔兽表现出来。

而世人称这类人为‘艺术家’。

我低下头，怜悯地俯视着这个身心都已残破不堪的男人，一时间说不出话。

我不知道他原本过着怎样的人生，可就在他看到夜壬琥公主那具被封在水晶中的遗体时，他觉得他迄今为止的人生全都白过了。

他见到了自己心中的魔兽呢……

他是天才也好，是其他什么也好，总之他再也无法重新回到平稳的生活中去了，也没法放弃对魔兽的描摹，重获自由。

在接受制裁前，他已经是一个囚徒了。

“……”

我沉默了下来，心想这下没辙了，没法再从他嘴里问出和案件相关的情报了。

我面露难色，冲着希斯罗摇了摇头。

他应该会赞同我的意见，可不知为何，他的样子有些奇怪。

他满脸严肃，看向一个与我或史奇拉斯塔斯都毫无关系的方向。

“你怎么——”

“趴下！”

我话未说完，就被中途打断了。希斯罗怒吼着，同时一把将我和史奇拉斯塔斯推向房间深处。

——怎么回事？！

透过我之前拉开的窗帘，可以看到前方的水面上浮现着一个巨大的黑影。

那是海洋中最为巨大、狰狞、凶暴的怪物——"大海虫"的触手！

风之骑士察觉到窗外传来异样的气息，仅仅几秒之后，即采取了行动。

他一心只想着保护身旁的莱泽·利斯卡瑟，便把她推入了安全区域，完全无视了史奇拉斯塔斯。不过莱泽迅速抓住了他的领口，于是两人一起伏倒在地，滑了出去。

而下一刹那，大海虫就发起了进攻。

比人类躯干更为粗壮的触手从海中飞速袭来，直接刺破了窗户，突入室内。

"——天啊！"

剑光一闪，那些触手瞬间就被希斯罗斩断。

然而，他也知道这不过是大海虫的鞭毛，来提前试试深浅罢了。

他快速地瞥了一眼莱泽，发现她正抱着史奇拉斯塔斯，脸色都变了。然而这并非出于恐惧，而是因为焦躁。

"这……这是？"

大海虫终于露出了全貌，是一只苍白的巨型球体。众所周知，海贼岛由七艘巨轮组成，而它的体积约有两艘巨轮那么大。

它的名称中虽然带着"虫"字，实际上并不是昆虫，亦无法被归为世上任意一类动植物。它就是它，从细胞构造到骨骼排列全是独一无二的。它似乎会像植物那样进行光合作用，可又能如野兽一般吞吃其他动物。事实上，它的主要营养来源、繁殖机制、寿命范围等问题都成谜，是博物学者们拼命地观察和研究的对象。

它发出了咆哮声，震得整座海贼岛都在摇晃。

从外表来看，大海虫没有明显的"嘴部"，因此人们甚至不知道这响彻全岛的吼声到底是从哪里发出来的。

然而，已知的是，一旦它的外皮扭曲起来，就会伸出那种又长又粗、变形自如的触手。

希斯罗斩断的鞭毛触手已经算是极细的了，是它特意调整过的。试探过后，它便不再客气，从全身伸展出了无数粗壮强韧的触手，不断地攻击着海贼岛。而岛上常备的大炮也感应到了攻击，启动了防御功能，开始对它进行炮击。

但是，大海虫生活在深海中，那里的水压强到无可比拟，人类压根儿无法靠近，可见它的表皮是何等坚硬，足以若无其事地承受巨大的水压，一般的炮击伤不了它分毫。

"大海虫怎么会出现在这种地方？！"

　　希斯罗很是惊讶，正准备冲到莱泽身边保护她，却只听莱泽大吼道："希斯罗，别过来！你应该和它战斗！"

　　这真是个苛刻且不切实际的要求。大海虫可是连军队都无法战胜的怪物，仅凭一人之力能做什么？

　　但希斯罗却毫无踌躇，即刻答道："我明白了。"说罢便一个转身，猛力蹬地，破窗而出。

　　匆忙赶来的格奥尔松目睹了此情此景，惊讶得双目圆瞪，发出了呻吟声，而莱泽的吼声更加愤怒了："格奥尔松先生，请你立刻下令停止炮击！"

　　"欸？"

　　"这大炮对大海虫没用！但你们在这个节骨眼上开炮的话，戴伊基军会借题发挥的！"

　　她依然陪在茫然失措的史奇拉斯塔斯身边，高声喊叫着："赶紧啊！"

　　"好，好的，我这就去处理！"

　　格奥尔松慌忙照办了。


　　人在高速的战斗中，每次做判断都必须神速。其间，就连"呼吸"这一本能的生理反应也要处于受控状态，绝不能有一丝多余的动作。

　　首先，呼吸一次。

　　"嘶——呼——"

风之骑士跃入空中，拔出佩剑，将剑身横在面前。

大海虫的触手飞速甩了过来，这次，它的直径可远超人类的躯体，甚至比树龄三百年的大树更为粗壮。

眼看着触手就要攻到希斯罗的脸上，它的前端忽然长出了尖锐的齿状物——没错，它在捕食时，会先用触手击中猎物，接着，触手前端那锐利的"牙齿"便化作刨刀，将猎物的皮肉刮成糊状物，并通过"牙齿"根部的微小穴口来啜食……

它的一击势大力沉，能够轻易洞穿重型装甲。面对这样的攻势，风之骑士却面不改色。

——嘶。

配合着呼吸，希斯罗将高举的剑微微倾斜。

此刻，触手也挥了过来，剑刃与"牙齿"短兵相接，迸射出了火花。

剑身没有弯折，他保持着原来的动作，直接被反作用力弹飞了出去。

然而，他十分冷静，丝毫没有动摇。

"嘶——"

他吸了一口气，再次斜握着剑，与触手交锋，随后再次被触手弹开，整个人横向飞去。

同时，另一根触手从别的方向袭来，力道极为猛烈。

"——呼。"

他在空中重新呼气，卸下力道，放松身体，利用剑的重量带动自身。

他几乎就要被击中了，但最终还是差了一线。于是触手继续追着他，两者急速接近，由此产生的气流反而起到了缓冲效果，挡住了触手的直接攻击。

希斯罗坠向触手，触手则一圈一圈地绕向了他，试图把他捆住，那些"牙齿"的根部也离他越来越近。

这时，他手上使劲，紧紧握住了剑柄，朝着触手弯曲的部分奋力挥下！

"锵！"

剑还是被"牙齿"弹了开来，可这一剑的目的并非斩断触手，而是借由反弹的冲击再次向上飞去。弯曲如同弹簧的触手拥有远超常人想象的弹力，他一下子飞出老远，大海虫即使伸直了触手也够不到他。

它那庞大的身躯晃动了起来，奋力伸出所有的触手，追击着希斯罗。它们都飞速冲着同一个目标而去，聚集成了一束。

由于空气的阻力，希斯罗飞行的速度逐渐减慢，触手群即将追上他。

此刻，他看准了逼近的"牙齿"们，连眉头都不皱一下，"嘶——"地吸了一口气，挥剑斩向触手群，但方才的几次冲击在剑刃上留下了无数损伤，最终产生了裂痕。

不过，他的眼中不见一丝恐惧或焦虑。

一大束触手群已经追到了他的面前，向他亮出了尖锐的"牙齿"。

终于，他第三次吐气。这是战斗最后关头的呼吸。

"——呼。"

他微微放松身体，并且用架在身前的剑尖去接触触手的"牙齿"，猛烈的冲击力几乎让他松手，而剑身也被磨得粉碎。

可是，就在触手即将抓住他的前一刻，他将利剑的碎片逐一刺入"牙齿"根部的穴口。

触手疯狂地痉挛起来，动作也全乱了套，从他的身侧擦过。

希斯罗在空中画出一道完美的抛物线，跃入了海中。

触手却没有继续追赶，只是不停地拧动着、摇摆着，它的身躯也在海中剧烈起伏，似乎在拼命挣扎。尽管大海虫和包括人类在内的任何生物都没有相似之处，但它此刻所表现出来的状态却很容易看明白，那就是——它的状态不妙了。

触手的前端激烈地喷吐着呛人的粉末，同时，它又将伸展在外的触手一一收回体内。

接着，它大幅度地颤抖了一阵，似乎是怕了这个地方，缓缓地离开了海贼岛。

"——呼！"

大海虫潜入海中消失不见了，希斯罗也恰好从海水中探出头来，吐出了一口气。

此时，他的表情才终于发生了变化。他挑起一根眉毛，嘴也噘成了一个O型，嘀咕道："真够呛的。"

说完，他将视线投向了海贼岛，只见莱泽正站在特殊客房的破窗边看向他。她一手掐着史奇拉斯塔斯的脖子，一手朝他挥动，他便同样对她挥手致意。

"——呼。"

看清他平安无事之后，莱泽松了口气，再次看向特殊客房。

史奇拉斯塔斯似乎脱力了，视线游移不定。对他来说，大海虫的来袭，大概也只是让周围混乱一下而已，并没有多少实感。

——那根鞭毛……

莱泽望向残留在室内的一截触手，那是希斯罗刚才斩断的。

它来抓取猎物或许是巧合，但是它最先来到这间房间，绝不是偶然。

——既然如此……

她一边思考，一边留心，不让史奇拉斯塔斯离开她身边。因为他现在没有任何防备，轻易就能被杀死。

"格奥尔松先生！"

他是海贼岛的顾问，莱泽决定找他商量。

"在，有什么事吗？"

"请你立刻召开骨干会议！"

"啊？"

他露出了不解的神色，而她当作没看到，只管说道："立刻、马上、迅速召集岛上所有担任要职的人员，包括他们的副官，拜托了！"

我在会议室里，注视着海贼岛的骨干们，开口道："首先，我要说清楚一件事——我来到这里，并非是为了保护萨哈连·史奇拉斯塔斯，而是作为中间人，负责你们和戴伊基军之间的沟通协调工作。"

史奇拉斯塔斯就坐在我身旁，我故意粗暴地揪住他的领口，拽着他站了起来。这位艺术家发出了"呜"的呻吟声，我又一下子甩手，他就这样疲软地跌坐在椅子上。

"接纳他的是你们，不是我和风之骑士。可事到如今，你们又为什么要杀他？"

我总结了自己的立场和疑问。

"……怎么回事？我们并没有……"

格奥尔松代表其他骨干提出了问题，我却直接打断了他："你觉得大海虫是碰巧才进攻的？明显有人在背后动了手脚！至于杀史奇拉斯塔斯的目的，就是让戴伊基军借机介入，把岛上搅得一团乱！"

我怒吼道，全然不介意自己的语气听起来咄咄逼人，甚至有些歇斯底里。

"你在说什么？"

"这是什么意思？"

"就算你这么说，我们也没干过！"

骨干们明显陷入了混乱，开始坐立不安了起来。换作平时，他们想必能更加冷静一些，而如今，全岛被戴伊基军包围，方才还遭遇了大海虫的袭击，所有人都产生了动摇之情。

我回头对站在我身后的希斯罗点了点头，他踏前一步，一拳擂在桌上。

伴随着"咚"的一声巨响，全场瞬间安静了下来。

"听她把话说完。"

风之骑士用低沉的嗓音说道，那份魄力对于压制眼前的场面来说真是绰绰有余。毕竟他刚以一己之力驱逐了世上最强大的生物之一。要是这件事在世间传开，本已威名远扬的他，又会增添新的传说。

然而，现在他是我的骑士，所以默默地把发言权都让给了我。

"咳。"

我咳嗽一声，换上了沉静的语气，对众人道："大海虫确实神秘，但随着博物学者的不懈研究，它已经不再是未知的存在了。实验证明，人们可以利用它喜欢的东西，比如某些音波、咒语等，把它召唤到指定场所。当然了，通常情况下没人会这么做。因为一个不巧，这片海域的鱼便会被它吞吃干净，从而给渔业造成致命的打击，引发极大的麻烦。然而，这次的事故却是一场阴谋。幕后主使打算狠狠对付戴伊基军，甚至不惜蛮干。毕竟戴伊基的舰队再强大，遇到这种无法打倒的魔兽，也是束手无策的。"

"可是，幕后主使为什么非要这么做？"

格奥尔松再次发问，看来只有他尚且保持着判断力。

我点了点头，答道："当然是为了制造一场突如其来的混乱，好从戴伊基军的包围中逃跑。"

"喂！你开哪门子的玩笑！"

"别自作主张胡说了！"

"到底是谁背叛了组织？！"

周围立刻叫嚷起来，而希斯罗故意不予制止。反正他们这样大呼小叫的，很明显有一部分理由是害怕自己遭到怀疑。

我由着他们叫嚣了好一阵子，看准机会再次发话："这场阴谋的重点即在于，要先杀死史奇拉斯塔斯。我不知道戴伊基军为何对他这么执着，总之他们的要求就是引渡他去戴伊基帝国。若想要将混乱的局势延长，最好的办法就是让他本人永远下落不明。假如他被大海虫吃掉了，那么确实会真正意义上的'消失'，往后再也无法确认他的行踪。"

说到这里，我重新扫视着已经安静下来的众人，补充道："那名主使者应该也很迷茫。他提前做了准备，如果戴伊基军什么都不干，就此打道回府，那么他便不必实施计划。可是，他们不仅坚定地步步紧逼，更使用了超级武器——多重怨恨炮。既然对方明摆着不讲情面，不愿让步，主使者便下了结论，认为海贼岛的气数已尽。"

"所……所以说，那个狗屁主使者到底是谁啊？！"

有人忍不住大叫道。

我吸了一口气，故意摆出一副别有深意的样子，点点头说道："这个嘛……"

结果也不出我所料，幕后黑手在此刻行动了。

他站起身来，同时举起手中的魔杖，冲着我射出一枚火焰弹。

风之骑士立刻冲了出来，拔出新的佩剑，一斩劈碎了飞来的火焰弹。

然而，他又接连发射了第二、第三轮攻击，火焰弹胡乱射向四面八方，他本人则准备趁乱逃走。

他正是负责警备工作、迎接我们上岛的布拉库鲁多。

"让开！都给老子让开！"

他边高声咆哮，边往会议室的大门口冲去。

没错，管理着史奇拉斯塔斯的房间的，也只有这位警备负责人。

希斯罗打算追赶上去，而就在这一刹那，我察觉到了异样。

"等，等等！那是——"

我还没拦下他，他就已经停下了脚步。

"怎么回事？"

堂堂风之骑士的脸上浮现了惊讶的表情。明明在和大海虫对峙时都没有露出过这种神色。

布拉库鲁多一路猛冲，眼看着就要到逃出会议室了，一个男人却出现在门前。

他只是一个负责开关门的门童，看起来非常普通，站在那里也没什么好奇怪的。

但此刻的门童并不是之前一直站在这里的那位。只有我和希斯罗意识到，门童在不知不觉间换了人。

"门童"的表情沉静似水，端正的五官发生了细微但惊人的变化。

他微微一笑，随后指尖"喀嚓"一响，原本还在狂奔的布拉库鲁多瞬间停了下来，整个人仿佛痉挛了一般。

"——嘎，咕……"

他大张着嘴，舌头僵硬得如同棒子，整根伸了出来；两颗眼珠瞪到了极限，几乎要从眼眶中掉落，双手也在自己的胸膛上乱抓。

"噶啊啊啊，咕，咕呕——"

没有任何语言能够形容他那痛苦的惨状，就像是心脏活活被人捏碎了一般。

"……呕，呃……"

他的喉咙中发出了奇怪的声音，随即向前摔了下去，扑倒在地，抽搐了两三下便不再动弹。

"门童"冷冷地俯视着他的尸首，轻轻地说了一句话："背叛要用命来抵——这就是海贼的规则。"

它宛如一句宣言，回响在安静的会议室里，没有任何一个人敢吱声。

"至于打算中途逃跑的人……会连'背叛'的资格都丧失哦。"

说完，他抬起头，看向在场的骨干们。

他的脸上、身上都布满了文身。那是被誉为"世界最强"的防御纹章。这次，他并没有将它们隐藏起来。

"好了，现在已经容不得我们有任何迟疑。不久前，戴伊基军向我们开炮，无疑就是为了迅速确认我们的态度。而眼下，我们必须立刻得出最终结论，决定究竟该怎么做。"

他发话总结道。

骨干们都曾多次听过他的声音，然而，这还是他第一次直接出现在他们面前，亲口对他们说话。

我注视着他脸上的浅笑，醒悟到自己正处在一个何等骇人的场合。

这个隐匿在黑暗之中，将自己化作传说的怪物，方才终于从幕后走到了台前。

尔撒·印加·穆甘杜三世。

他的真实目的尚未可知，但从此刻起，无论世人愿意与否，都必须直面他的野心。

每个人都因此而战栗，说不出一句话来。

*

"莫罗先生，我其实也会有这种想法。"

ED在落日宫的庭院里，一边眺望着大海，一边对我说道："那些大人物们总是带着一副睿智而通透的表情，说'世上只有两类人，就是操控者和被操控者，所以我们必须成为操控者'，云云。但假设真的存在一位无所不能的操控者，他或她又是为了什么而操控世界的呢？"

我完全不理解他的意思，姑且回答说："因为行使权力会让人着迷吧？古今东西的人们都为此而不断争斗呢。"

"我只能说，他们太愚蠢了。"

ED哼了一声，几乎表明了他是打心底里觉得这种行为无聊至极。

"人类希望他人顺从，归根结底是希望对方能够理解自己的想法，希望对方听从自己的话语，希望对方能主动察觉自己的意思。可这是不现实的，所以人们才会以'命令'的形式，强行让地位低于自己的人服从。而为了下令，人们又必须了解对方的能力、性格，这样才能下达对方能够胜任的命令，不然全是白费功夫。换言之，不理解自己想要率领的对象，便不能成为'操控者'。但这里有个矛盾——操控者们最初的意愿是被理解，可实际上却得先理解对方，再下达命令；更要命的是，对方居然还领悟不了自己的意图。好了，这就是'权力'的基本构造。只要'头上'有人，那个人就会来理解自己，这令人感到安心，于是人们甘愿为'权力'服务，只是没有人去理解'掌权者'本人。反正等待命令即可，同时期待着收到的命令都建立在'掌权者'对自己有所了解的基础上。等人们感到'掌权者'

不理解自己，'叛乱''谋反'等便应运而生。唉，实在是太没价值了。"

他注视着远方的海，继续道："明明初衷是想要被人理解，最后为什么总会搞得那么复杂呢？真是的，我果然弄不懂'人类'这种生物啊……"

"……"

我呆呆地看着这个"面具男"的侧脸，呆呆地想着他是不是外星人。

普天之下，就没有一个让他感到安心的地方。他有着世界顶尖的智慧与学识，尽管嘴上说着'不懂不懂'，事实上却对任何事都心知肚明。但反观这个世界，则和他的想法完全不一致。这位战地调停士身在这个世界，又仿佛属于另一个世界。

"马克威斯尔先生，请问……"

我刚开口，他的胸前便射出了一道光。

"哎呀，真快啊！"

他说着，将光源从怀中取出。原来是他方才展示给我看的那半张咒符，专门用来接受紧急联络。

一个年轻的女声传来："他是凶手吗？"

这个问题非常突兀，没有任何前言，ED也没有半分不解，直接做了回答。

第六章　不屈

the man
in pirate's
island

穆甘杜一世打倒了希尔多斯军的高层，全权掌控了这支沦为海贼的大军。随后，他的眼前出现了两条道路。

一条是继续让他们当海贼，自己担任首领；另一条是让一直在希尔多斯军内部工作的"老人"来当管理人，把船舶相关的工作都交给对方负责。

"嗯……尼逊，你怎么看？"

一世（当时没有二世、三世，所以他还只是印加·穆甘杜）征询身边的副手的意见。

"我觉得两种方案都不错，不论您选择了哪一种，希尔多斯的余党都不可能违抗您。"

"哈哈，这方面你就不用操心了。他们被祖国流放了，无家可归，只要给予充分的报酬和保障，他们都会成为老夫忠诚的部下。所以余党们构不成问题。"他微微摇摇头，继续道，"重要的是，老夫想要怎么做。应该亲自指挥海贼大军，带头实施掠夺吗？这才是老夫在考虑的事。"

听到这番话，尼逊有些焦躁，答道："这……请首领别做那么危险的事。"

看到他这副不安的样子，穆甘杜一世哈哈大笑起来，有些坏心眼地说："这世上有绝对的安全吗？吃个饭都可能被芋头噎死，可人又不能不吃饭。"

"……"

尼逊一脸闷闷不乐，一世拍了拍他的肩膀，劝道："你是聪明人，但现在还缺了点霸气。你试试说'我死也会保护组织的，你们就安心为我战斗吧'！"

"您别开我玩笑了……"

"不不，老夫之前就在思考，你实在太'放得下'了。往好了说，你不浪费任何力气，可这样是无法前进的。有时，你也必须赌一把运气。"

"这是首领您的职责，而我只负责尽一切可能，为您的胜利打好基础。"他低下头，毕恭毕敬地回答着。

然而，一世却严肃而坚定地说道："尼逊，你是我的继承人。"

这句话里没有任何言外之意，尼逊一下子绷紧了身子，回话道："您，您怎么能随便说出这么重要的话——"

"除你之外，没人能胜任。哪怕老夫不指名你，你迟早也会成为组织的第一号人物。这可以说是你的命运，是避不开的。"

这位海贼首领眯起了眼，用一种奇妙的眼神看向苍天，既像是在缅怀过去，又仿佛已看透了未来。

"老夫活着是为了反抗命运，这或许很空虚，很没有意义，但事到如今，也停不了手了。"

"……"

尼逊静静地盯着首领的侧脸，从他的表情中看到了满溢的决心。

首领把话继续说了下去："一旦开始做了，就必须做得彻底，这样才有意义。你就不想作为海贼，把所有的财富都从这个疲软无能的世界上抢到自己手中吗？要是前方有东西阻碍着你，那么当然要去挑战它！"

随后，他再次看向尼逊，大力点了点头，亮出了结论："这，就是穆甘杜一族的做法。"

"好了。"安静的会议室里，回响着穆甘杜三世那年轻而通透的声音，"我们需要考虑一下，该如何处置这位萨哈连·史奇拉斯塔斯先生。"

语毕，他便将视线投向了瘫坐在我身边的艺术家。

其他骨干们也学着他那样，一起看了过来。

史奇拉斯塔斯本人双目失焦，眼神游移，嘴里嘟嘟哝哝的，对被人盯上一事毫无反应，只管想着自己的心事。

"史奇拉斯塔斯先生，你自己是怎么想的？"

三世缓缓地走到我和史奇拉斯塔斯面前。

史奇拉斯塔斯总算抬起了头，用迷蒙的目光回望着三世，颤抖着说道："我……我还不能死……"

他的声音是那样的虚弱，甚至不足以让别人理解他对艺术的痴迷之深。

"原来如此。"

三世面露微笑，点了点头，又道："可你背着杀人的嫌疑，要是不采取对策，我们也没法一直拒绝戴伊基军的要求。莱泽·利斯卡瑟女士，请问我们该怎么办呢？"

他中途把话扔给了我，我对他的观点并没有异议。史奇拉斯塔斯或许是一位登峰造极的艺术家，可犯罪就是犯罪。只要他确实杀了人，就必须接受审判。于是，我接过了话头，答道："如你所说，当我接下中介任务时，最重要的正是解决这个问题。因为我明白你们并不怎么关心真相。"

我逐一看向三世和岛上的骨干们，只见三世微微苦笑着，而其他人仍因为三世现身而惊愕，表情僵硬。

"戴伊基军其实和你们一样。他们没做什么正儿八经的调查，只是派出舰队，打算用武力震慑全世界，强行把事情了结。总之，事件双方都不在意这桩杀人案的真相，也不在乎有人丧命的事实。但是，我在意。"

我将自己放在了和戴伊基军、海贼岛同等的位置上，下了断言，在场众人难免露出惊讶的表情。不过，我并没有乱来。

事实上，我和他们是对等的。

　　我之所以在这里，为的就是担任中间人的角色，要是我自认低人一等，那可没法好好完成任务。

　　谁要跟你们客气啊——我暗自想道，又威吓般地瞪住了众人，从怀中掏出半张咒符："因此，我抵达这里之前，做了一项准备。"

　　没错，我把另外半张咒符交给了ED。

　　"请问，这是用来做什么的？"格奥尔松询问道。

　　这很明显是通讯咒符，所以他问的应该是我亮出它的目的。

　　"它会告诉我们真相。"

　　我卖了个关子，但就算我照实说明，估计也没人能理解。

　　只有三世了然地点了点头，笑着说道："哦，原来如此，所以那位戴面具的先生才会去落日宫待着。"

　　而在"落日宫"这个词出口的瞬间，所有人都大惊失色。

　　"落日宫？你要和落日宫通讯？那里不是被戴伊基军包围了吗？他们设了结界，你怎么通讯？"

　　格奥尔松当然会觉得纳闷。我们也确认过，确实不可能顺畅地联络，接通的时间至多只有五秒，之后咒符即会报废。

　　好在我们本就不必长时间通话，我需要问的只有一件事。

　　眼下的困境在于，ED从着手调查开始到现在，才不到两天，不知他是否已经查出真相了。

　　但是——

　　我飞快地看了一眼身边的希斯罗。

他颔首，脸上没有任何顾虑。

确实，在与日常生活有关的常识问题上，ED毫无信用，一点都靠不住，然而，事情越是错综复杂，越是离奇古怪，身为战地调停士的他就越能妥善处理。

包括这桩案件的调查工作，他是全世界最为可靠的人选。

我直接拉下了咒符一端的绳子，它即刻起效，开始发光。

接着，显示通讯已接通的信号点也浮现了出来。

我甚至没有等对方说一句"你好"，就率先开了口。毕竟我们耗不起这个时间。

"他是凶手吗？"

我直截了当地问道，至于这个"他"，指的当然就是嫌疑人——萨哈连·史奇拉斯塔斯。

ED也瞬间报出了答案——

"不是。"

他的回答没有一丝一毫的犹豫。

而下一秒，咒符就着火了，通讯也被切断了。

"……"

"……"

会议室再一次鸦雀无声，没有一个人开口。

这时，一阵鼓掌声传来，果然是穆甘杜三世发出的。

他语带敬佩地感慨道："哎呀，不愧是他。既然他都这么断定了，史奇拉斯塔斯先生就肯定不是凶手。到底是实现了罗米亚萨卢斯停战协议的调停士啊，能破解这桩难案中的难案！"

不过他的口气总像是夹杂着几分轻率。

我有些急躁，可眼下不是在意那些细节的时候。

"现在事情已经很清楚了。我们不能让戴伊基军无条件地引渡史奇拉斯塔斯先生。至少也得——"

我话说到一半，会议室中的魔导交感器就"叮铃铃"地响了起来，有人试图联系海贼岛的骨干们。

这种情况下还会来联络的，只有戴伊基军。

我"啧"地咽了一下嘴，心想他们肯定是来盘问刚才对抗大海虫时的炮击，以及通讯咒符的事。

"接听吧。"

穆甘杜三世镇定地下了命令，部下们急急忙忙地接通了交感器，西比拉尼将军的幻影浮现在了会议室的中央。

之前的骚动在会议室里留下了不少焦痕，椅子也都摔得七零八落的，西比拉尼将军皱眉看着这里的一切，说道："你们海贼都不会收拾房间吗？上一次通讯时，那里也乱糟糟……嗯？"

他终于注意到有个年轻男人正笑眯眯地注视着自己。

对方有着褐色的肌肤，浑身文满了超级强大的防御纹章。

"难道……你是？"

"初次见面，西比拉尼将军。我就是这座海贼岛的最高责任人——尔撒·印加·穆甘杜三世。"

他大大方方地报上了姓名，表现得十分自然。

这下，就连号称"不动将军"的西比拉尼都掩藏不住惊讶之情。普通的军人或许意识不到其中的重大意义，但西比拉尼身居高位，和政治牵扯极深，当他得知穆甘杜三世愿意以真面目示人时，便立刻察觉到这将对世界造成巨大的影响！

"连穆甘杜三世都出面了，我可以认为，你们有意让步？"

"这个嘛……我们从一开始就希望你们出示引渡的相关证据，部下们也申明了好多次。而现在……"

三世把疲态尽显的史奇拉斯塔斯指给西比拉尼将军看，解释道："这位史奇拉斯塔斯先生对我们说，他自己也不清楚那桩案子究竟是怎么回事。"

西比拉尼急忙瞥向这位已经不成人样的艺术家。

对方似乎有很多人在查看投影，只见西比拉尼的视线又望向了其他方向，并用我们听不见的声音在怒吼着什么，八成是在叫别人好好看清楚。

随后，他重新看向我们，怀疑地问道："这真的是史奇拉斯塔斯本人？"

史奇拉斯塔斯的外貌变化太大了，也难怪他不敢相信。

三世耸了耸肩，若无其事地答道："他入住时，登记的是假名。所以我们也没能及时找出他并给你们答复。你们应该可以理解吧？"

西比拉尼盯着史奇拉斯塔斯，但这位艺术家眼神诡异，好像连四周的情况都没弄明白，只是反复自言自语。

接着，他好像感受到了什么，突然在空中做了一座雕像，是一只正在嘶鸣的马头，不过同样没能做完，看起来很是可怕。

"不对！"

他宣泄般地叫了出来，随后重新开始喃喃自语，将自己的心灵封闭了起来。

西比拉尼显然大惑不解，三世的语气则过分恭敬，调侃之意溢于言表："真的非常抱歉喽，我们也不知道他为什么会变成这个样子呢。"

"唔……"

西比拉尼呻吟道，脸上也闪过了一丝异样的表情，似乎是在诉说着"糟糕，失策了"。尽管细微，我却看得很清楚。

虽不知道戴伊基军的目的到底是什么，但此刻，他们肯定没能如愿。

我心中咋舌，这下事情可有些不妙了。戴伊基军找的似乎不是史奇拉斯塔斯本人，但他肯定掌握着某些戴伊基军重视的秘密。即是说，在他陷入错乱之后，戴伊基军也就失去了目标。

他们之所以会出兵，绝对是遵照了某项方针，可既然他们始终不曾展露真正的意图，到如今，就算是为了面子，也只好硬把那项方针推行下去了。

所谓军队，最不能容许的就是失败。其体制注定了他们很难空手而归，更何况戴伊基军这种自我意识极强、秉承着本国中心主义的国家。

而海贼岛为了庇护史奇拉斯塔斯，对国际秩序发起了挑战。因此，戴伊基军很可能会以此为由，把问题的焦点从逮捕嫌疑人史奇拉斯塔斯，转移到对海贼岛的制裁上，从而取得"成果"。

既然抓捕史奇拉斯塔斯已经没有意义了，那么一不凑巧，戴伊基军说不定将直接镇压整座海贼岛……

这可不是在开玩笑。

我正是为了避免事态发展到这一步，才会特地前来。ED也说了，要是双方发生军事冲突，战火极可能会扩大到其他地方，所以我必须把局面控制在现已发生的一连串事件以内，并作出了结。

"……总之，"西比拉尼将军面带苦涩，瞪着穆甘杜三世说道，"我们需要把史奇拉斯塔斯引渡回国，这也是我们最初的要求。立刻解除海贼岛的防御结界，我们的舰队会在武装的前提下接近。"

他自顾自地说着，谈吐毫不客气。

面对如此高压，三世并没有动摇，只是低垂着眼睛，笑吟吟的。

这样的态度让西比拉尼心头火起，激烈地斥责道："你明白自己的立场吗？不管你在黑社会里拥有多大的权力，对我们戴伊基帝国军而言都不值一提！"

他不愧是世界数一数二的庞大舰队的指挥官，这份威严感十分符合他的身份。不过，三世却完全不打算看对方一眼。只见他嘴角挂着一个嘲讽的微笑，随意地向部下们一挥手，干脆地下令："切断通讯。"

"……啊？"

骨干们瞠目结舌，于是三世的声音冷了下来，再次说道："跟这个'自恋狂'多说无益，切断。"

"你说什么？你——"

西比拉尼气得脸色都变了，但是海贼骨干们的脸色更加难看，慌忙切断了通讯，西比拉尼的声音就这样中断了，不知道他接下来打算说什么。

而后，会议室里只余下可怕的沉默。

打破这沉重氛围的，是片刻不离地守在我身旁的风之骑士。

"你说得不错，他们确实是一群'自恋狂'。"

"谢谢你的认同。"

穆甘杜三世点了点头。

"你接下来打算怎么办？"

希斯罗也跟他直来直去的，就这样提出了在场所有人都关心的问题。

"嗯……"

三世沉吟片刻，最后把视线投向目前看来最可靠的部下——格奥尔松，表态道："格奥尔松其实已经把准备工作给做好了。"

"什么？"格奥尔松大吃一惊，眼睛瞪得滚圆，"您……您说什么？！"

三世则无视了他的提问，静静地说道："不是早就商量好了吗？能帮我们做决断的人如今就在这里。我们可是为此才把她叫来的哦。"

下一瞬间，所有人员的视线便都集中到了我身上。

"……"

我记得，ED当时是如此阐述我被叫来的理由的——

"你是海贼们的'代赌人'。"

我本不愿参加这场赌局，但接下来，终于轮到我代替他们去赌了。

一切棋子均已就位，所有条件都已公开。说句实话，现在的情况太过恶劣，胜率极低，在这种时候还要赌的人，起码不是一个合格的赌徒。

但是，我本来就不是赌徒。

当我赌博的时候，我不会誓死求胜；无论输赢，都不会伤害我的自尊。

我回望向那些盯着我的骨干们，开口道："先跟各位说清楚，我只担任中间人的角色，并不是你们的伙伴，不会优先保护你们的利益。即使如此，各位还是愿意听从我的安排吗？"

"当然愿意。"

三世即刻答道，没有给任何人插话的机会。格奥尔松也点点头，扫视了在场的其他人等，目光中夹杂着一丝警告之意。

"我明白了。那么，我就说说自己的计划。"

我吸了一口气，随即向格奥尔松提问道："这座海贼岛，是由七艘大船连接而成的吧？"

"是的，请问这有什么说道吗？"

"既然共有七艘船，哪怕失去其中一艘，也不会对你们造成致命的打击，是吗？"

听我说得这么爽快，海贼们都吃惊地张大了嘴。

"你，你的意思是——"

"很简单，"我淡淡地说着，"将七艘中的一艘拨出去，驶出结界，一直穿过戴伊基军拉的进攻线，如此一来，他们肯定会愤怒地攻击那艘船，对吧？"

"可那艘船就毁了啊！绝对会被击沉的！"

"对，就是要让他们击毁，所以才需要特地派出一艘船啊。"我耸肩答道。

"你！你这是什么话？"

会议室沸腾了，质疑声、惊呼声此起彼伏。

我有意不做反驳，只是任由他们叫嚣。

"安静！莱泽·利斯卡瑟上尉还没说完，都给我把话听下去！"

格奥尔松站了出来，大声呵斥着。

不愧是参谋官出身的人，态度中充满了魄力，众人即刻不再作声。

"失礼了，请继续。"

三世催促着我往下说。

"好，我接着说明。"我相当淡定，保持着原来的姿势，继续阐述道，"戴伊基军现在进退两难，史奇拉斯塔斯都这个样子了，即使逮捕他，也无法确定是否能给他断罪。而戴伊基帝国居然为了这点事就抢先派出舰队，实在过于荒诞，想必会沦为国际社会的笑柄，令他们颜面扫地。"

我一边说着，一边心想，顾及这种面子可真傻。当然，要是ED在这里，应该会提出更加尖锐、辛辣的观点。

"我了解了，原来戴伊基军是这么想的。所以，你准备怎么做？"

三世很是从容，看起来一点都不为难。对此，我有些焦躁，但也顾不上自己的情绪了，便答道："我认为，你们只能给予他们一个展示强大战力的机会，不过也不能让他们太得意。牺牲七艘船中的一艘是个可行的办法。一旦海贼岛先行派船出航，戴伊基军便有了攻击的理由；而你们不予反击，祭出一艘船，即能强调自己是受害方。如此一来，应该可以打破胶着的状态。"

"可……可是，要是他们毁了一艘船还不够，接着发起总攻击，把七艘船都破坏呢？到时候可怎么办？"一名骨干惶恐不安地问道。

"这确实是一场赌博，但我认为他们这么做的可能性很低。"

"你凭什么这么说？"

好几人同时斥责道，然而我并不动摇，只管镇静地回答说："因为我们已经采取了对策。"

"'对策'？什么对策？"

"我上岛之前，特地在戴伊基军拉出的红线上和他们发生接触，并且争执了起来。"

"……那又如何？"

"当时，我让他们亲眼看到，风之骑士也来了。"

我指了指身边的希斯罗，骨干们一起屏住了呼吸。

"没错，他们明显露怯了。即使对海贼岛发起攻击，之后也肯定得观望一下情势，再做下一个决定。在士兵们想要逃离的时候下令突击是极不明智的，我不认为那位西比拉尼将军会干这种蠢事。"

为此，我甚至做出了一些惹人生厌的行为，比如刻意向帝国军炫耀希斯罗。说真的，尽管它起到了切实的作用，可我原本是想要避免这么做的。

"打破胶着状态之后呢？"

三世的语气中带上了一丝调侃的意味。

"这我就不知道了。"

我并未认真作答。周围还是吵吵嚷嚷的，我却微微摇头，说道："你们叫我过来，只是为了渡过眼前的难关，之后就该你们自己处理，或者再等……"

我别有深意地说着，三世则接过了话茬："或者再等七海联盟出面，是吗？等那个没有现身的战地调停士来解决。"

听他的口气，他对此似乎兴味盎然——不，完全可以说是乐在其中。

一股寒意倏地爬上了我的后背。

我突然意识到，这位穆甘杜三世或许不是镇定自若，而是真心对世间万物都充满了兴趣！据说他的成长环境特殊，自小缺乏父母的关爱，每天都活在背叛与阴谋的漩涡之中。在此期间，他的精神世界说不定已经荒芜、颓废，稍有不慎，就会彻底崩坏……

我凝视着他那平静的面庞——果然，他实在太过平静了……

"算了，毕竟事关重大，等明天再做决定吧。"他波澜不惊地说道，"现在离戴伊基军最初提出的期限还有一天呢，我们大可拖到最后一刻。今天就先讨论到这里，解散！"

时值黄昏，落日宫猛地喧闹了起来。

占领了所有设施的戴伊基军忽然开始撤退，负责监视工作的士兵们也急急忙忙地往回赶，落日宫的住客以及工作人员们都十分困惑，众说纷纭，乱作一团。

"这怎么回事……"

这副场面令我惊讶不已，ED只是叹息着说道："原来如此，也就是这点程度罢了。"

他的话还是那么让人费解。

"欸？"

"我一直没弄懂，戴伊基军到底为什么想抓捕史奇拉斯塔斯，于是费了好大工夫去琢磨。但他们果然是误把他当成了间谍的手下。而现在案情水落石出，也不必继续在这里驻军了。"

"这又是怎么回事？"我问道。

ED开始轻叩面具，回答说："这桩案子吧，打从一开始就别有隐情，结果导致事态越来越复杂。"

"欸？"

"我之前听圣波浪兰公国的月紫公主说，其实失踪的基里拉杰是戴伊基军方的间谍，而夜壬琥公主协助了他。"

我们站在庭院中的一块高地上，可以俯视嘈杂的人群，但别人却听不见我们的对话。

"我一听到这个消息，就觉得有些不对劲。当然，我不是说月紫公主撒谎了，而是夜壬琥公主的行动不合理。她为什么要背叛祖国？她是那种对恋人千依百顺的女性吗？她有那么单纯吗？光是听了落日宫的住客们对她的描述，我就立刻明白她不是这类人。她有着独特的感性和明确的判断标准，任何言行都是出于‘自己的意志’。即使她听从了基里拉杰的要求，我也认为她肯定有自己的理由，而不是被爱情冲昏了头脑。”

“您的意思是，这和她被杀害有关？”

“嗯，她的行为乍一看都是谜团，但人活在世上，未必总是带着明确的目的，因此在那些俗务缠身的人看来，像她这样目标坚定、过分纯粹的人，反倒有种神秘感。”

“纯粹？没想到您会这么说。”

“莫罗先生，人或事越是纯粹，有些人就越难理解。所以他们不懂她，而她也明白这一点，便加以利用。即是说，别人对她的看法，全都是她算计好的。”

“这……难道，连别人觉得她有妄想症也是她的计划之一？”

“当然是。在她的设计之下，每个人对她的言行举止都会有自己的理解。如此一来，她就成了一个‘撒谎精’，很多人都对她充满兴趣，好奇她到底是个怎样的人。”

“她到底有什么目的？”

“嗯……”

ED稍微停顿了一下，接着说道：“她在落日宫的生活态度，恐怕就是提示吧。”

“照这么说……”

"是的，她在落日宫的生活极为规律——限制饮食，吃得很少，烟酒不沾，也不碰成瘾性药物，还坚持早睡早起、适度散步。你对此有什么看法？"

"我只能说，她的生活态度很健康、很认真。"

"是的。认真得过分了，普通人没必要做到这一步。除了她之外，你还认识这么过日子的人吗？"

ED抬眼，透过面具深深地看向我的双目。我答不上来，他叹了一口气，说道："实际上确实有这种人。不仅仅是你，几乎所有人都知道这类人的存在，也肯定见过好几次。因为人们很难和这类人毫无接触。"

"……"

"没错，这类人不得不维持着健康规律的生活。因为他们不是健康的人，换句话说，他们是'病人'。"

他用食指轻敲着面具，"笃笃"的叩击声和远处的喧闹声混杂在一起，构成了一种不可思议的声响。

"夜壬琥公主应该算是来落日宫'疗养'的吧。但是她隐藏得很好，没人知道这一事实。那么，为什么要瞒着世人呢？通常情况下，疗养者都会带着医生，让他们时刻观察自己的病况。她又为什么要拒绝这种贴身治疗法呢？"

"……"

"是因为她的病情很轻？我可不这么想。她来到这个极尽奢华之能事的沙龙，却从不暴饮暴食，是因为想吃也吃不了吧？她的内脏已经很衰弱了，要是吃得饱饱的，根本就没法消化。然而，她伪装得相当巧妙，利用了一些世俗的观点，让人对她产生一种'神秘的美女不会大吃大喝'的幻想，从而察觉不到真相。"

"……"

"她已经不在了，我们也不可能知道她到底得了什么病，可至少外表上没有明显异常，症状想必都在体内发作。尽管在旁人看来，她是那么的优雅，而实际上，她却在忍受病痛。算了，想象这种事也挺无聊的，又没有什么意义。"

他在提到夜壬琥公主时，果然会透着一丝冷淡。接着，他又分析道："至于她为何要这么做，为何要尽力隐瞒病情……反正我是理解不了。按月紫公主的说法，她的自尊心很高。这倒是和落日宫的住客们的观感一致。"

"'自尊心'吗？"

"或者说是'虚荣心'吧。"ED的语气相当尖酸，"她虚荣心极强，不能容忍自己看起来不够美丽，总希望别人都认为她是绝色美女，不是吗？可问题是，这样的她怎么会卖国通敌，去协助戴伊基军方的间谍？这显然会抹黑她的名誉。她有必要让自己的人生背负这种污点吗？"

"先不论她的自尊心是真是假，但她爱上了对方啊。"

"如果她是会被恋爱所蛊惑的人，那么应该不会拒绝和史奇拉斯塔斯那样浪漫的男士交往才对。然而，确实如你所说，总有人会认为她的所作所为都是出于爱情。说真的，这个问题的重点不是她究竟爱不爱那个间谍，而在于别人是怎么看的。纸包不住火，通敌的秘密早晚有一天会泄露。不过，这段充满'震撼力'的'爱情'届时也将会给她那不可思议的形象再添上新的光彩。"

ED摇了摇头，有些无奈地叹道："所以，她是故意选择了这种人生，好让自己成为一个传说，永远流传下去……就为了这种理由，她居然真的做到这种地步，把圣波浪兰公国的机密提供给戴伊基帝国……对她来说，大概整个世界都仅仅是她维持虚荣的道具吧。"

"可她真的能如愿以偿吗？"

"她非常聪明、理智，这里的尼托拉·利托拉经理也做了证明。对她这种人而言，愿望都是亲手去实现的。"

"照这说法，她是利用了那个名叫基里拉杰的间谍，把他作为自己离开祖国、逃亡到落日宫来的理由？"

"哦，你说那个基里拉杰啊……你是想问他现在在哪儿，是吧？"

ED鼻中轻轻一哼，露出了嘲讽的神情。

是的。戴伊基军现在正拼了命地找他，我也很好奇。

"他留着络腮胡，在这出闹剧中处于极度重要的位置上，可存在感却异常稀薄，甚至让人怀疑他到底是不是真的存在。史奇拉斯塔斯是唯一一个对他做出过明确反应的人，因为他觉得'猎物'被基里拉杰抢走了，便亮出了嫉妒和敌意。其他人即使觉得基里拉杰很可疑，也没对他留下深刻印象。这是为什么呢？"

"……"

"夜壬琥公主极度擅长塑造自己的形象。而另一方面，虽说人再神秘也是人，但通过卓越的技术，就能让人觉得他们确实不一般。把这两者结合起来，答案就只有一个，而且蠢得惊人。"

说到这里，ED耸耸肩，摇了摇头，宣布道："夜壬琥公主和'基里拉杰'是同一个人。"

"……"

我彻底无话可说，ED则平静依旧："每当夜壬琥公主从事间谍工作之际，就会伪装成基里拉杰。她应该是在思考如何把国家机密卖给戴伊基军时，凭空捏造出了这样一个人物，一个绝对不会背叛自己的'中间人'。接着，戴伊基军雇用了这个有渠道打入圣波浪兰公国王室的'男子'，但事实上，只是让夜壬琥公主一个人赚取了两个人的报酬。"

"……"

"'基里拉杰'还偏偏蓄着'络腮胡'。她仅仅做了这么简单的乔装，然后自称是男人，居然就能蒙混过关。简直是儿戏。我一听到便觉得不可信，但大家怎么毫不怀疑，只觉得他是一个'不修边幅的男人'？这也太和善了吧？我简直纳闷，这里真的是阴谋密布的魔窟吗？"

"……"

"也正是因此，当夜壬琥公主闭门不出之后，'基里拉杰'才来到了落日宫。毕竟这两个人物是不可能在同一时间出现的。但是，为什么她要再次扮演'基里拉杰'呢？关键无疑就在史奇拉斯塔斯身上。对史奇拉斯塔斯来说，一旦'基里拉杰'出现了，别人便无足轻重。即使拼命寻找间谍的戴伊基军亲自出马抓人，这名艺术家也会对他们置之不理。因为前一天，夜壬琥公主才彻底粉碎了他的自尊，如今她的'恋人'又来了，他绝不可能保持冷静。而这就是公主唯一的目的。"

"……"

"顺便一提，夜壬琥公主经常公开声称，自己在等着'基里拉杰'的到来。这其中又有什么用意呢？"

ED稍微顿了一顿，不再继续看着落日宫里的喧嚣人群，转而望向了远方的海面。

"什么用意？"

我提问道，他的眉头微微皱了起来，回答说："其实，不仅是她在等待。我们所有人都等待着'落日'的到来。所谓'人生'，就是一场漫长的等待。"

"您的意思是……"

ED轻轻摇头，接着说出了一段不可思议的话："'看呐！空中有一匹苍白的马！它的名字是——'"

"您在说什么？"

"我研究界面干涉学，这是研究资料中的一段内容——那匹苍白的马，名字是'死亡'。"

"……"

他的话语是那样沉静，却彻底将我镇住了。

"夜壬琥公主等待的就是死亡。她病得很重，恐怕没救了，所以为即将到来的死亡做了很多准备。"

他又开始轻叩自己的面具，说道："我和莱泽女士通信的时候，果断地告诉她说，史奇拉斯塔斯不是犯人。真凶另有其人。"

他再次暂停，耸耸肩，说出了最终结论："真凶就是公主本人。说得再清楚点——她是自杀的。"

海贼们的船舱里有供来客使用的浴室。希斯罗正在喷头下淋浴，点点的水沫洒在地面上，溅射开来。他的身躯经历过千锤百炼，水珠都被他那既结实又柔软的肌肉弹开，化作了细小的粒子。

他之前与大海虫决一死战时曾跃入海水中，接着又立刻与海贼岛上的骨干们一起开会，没时间去清洗，结果挂上了一身的盐花。他所守护的莱泽·利斯卡瑟在会议后建议他淋个浴，把那些盐分都洗掉。

"希斯罗，你能保护我，我很高兴，但湿漉漉的话，会感冒的哦。你先去洗个澡，换身衣服吧。"

她如是说道。

其实对他而言，保护她才是首要目的，自身的仪容问题根本不足挂齿。

可眼下状况已经安定了不少，不用担心她再遇到危险，那么就不宜带着一身海腥味站在她身边。他不得已只好去整顿一番，当然，很快就会回到她的身边去。

他正打算关上水龙头，却察觉到一丝异样。

他微微皱眉，表情一下子严肃了起来，直接回头看向对方，锐声问道："你有什么事？"

他此刻紧盯着的，正是印加·穆甘杜三世。

三世依然没有带侍从，只是站在原地，答道："倒算不上是'有事'。"

三世背后有一扇开在浴室墙上的暗门，门后就是通道，不知是用于紧急逃生的，抑或是用于潜行暗杀的。

"风之骑士，我有东西想请你看。你愿意接受我的邀请吗？"

"是不希望被莱泽·利斯卡瑟上尉看到的东西吗？"

希斯罗的声音里充斥着杀气，浑身没有任何破绽，那是战士特有的气场与魄力，让人不得不接受一个事实——即使他手中没有刀剑，与他为敌也是愚蠢的行为。

三世微微一笑，颔首道："正是。"


海贼岛的下层有众多禁止入内的区域，纷纷用结界封锁着。组织对各个区域都做了细致的部署，根据工作需要分别给每一位负责人发放了相应的咒符，由此划分出他们可以出入的结界及不可出入的结界，因此全体负责人基本上都无法进入他人管理的区域。

不过，三世却像理所当然一般，淡定地通过了所有的结界。

希斯罗紧跟在三世身后，每当三世突破一个结界的瞬间，他便随之一起穿过缝隙。然而，即使这些结界都在正常运作，恐怕也无法拦住他，肯定会被他一一击破。

"这里没人，离岗偷懒去了？"希斯罗简短地问道。

"哈哈，现在是休息时间嘛。这群家伙明明是海贼，却很重视雇佣条件哦。"三世笑了，爽快地说道。

"看来你们也不会虐待员工呢。"

接着，两人便没有再说话，只是一起走在纯白的走廊上。

突然，三世伸手指向一面普通的墙壁，墙壁随即消失了，出现了一条向下延伸的楼梯。

"这里到处都是机关啊。"

就连希斯罗也不禁苦笑。那扇门毫无踪迹可寻，即使每天都从这里走过，也绝对想不到此处竟暗藏着这样一条密道。

"请进来吧，之前可从没人去过这里头哦。"

三世发出了邀请，接着两人一同在黑暗中逐级而下。

"这条楼梯通向哪里？"

"你应该多少听过那个传说吧？关于海贼岛的'儿童房'。"

　　三世带着几分恶作剧的语气，希斯罗皱了皱眉头，回忆道：
"'儿童房'……这么说来，我听说你小时候为了避开暗杀，曾被关
在某间房里。莫非传说是真的？"

　　"嗯，确实有那么一间房间，不过我那时总混在小喽啰之中干
活，一次都没有住进去过。"

　　"原来你从以前开始就这样了。"

　　"是啊，我一直以来都是这么干的。"

　　三世似乎带着弦外之音，希斯罗有些惊讶与不解。然而三世并不
在意，率先继续往下走去。

　　不久后，两人抵达了一扇大门前。

　　"好了，这就是'禁忌之门'。姑且先问一声，你有意愿涉足海
贼岛最深处的内幕吗？若是不愿，大可就此回头。"

　　三世两手一摊，动作看上去略显滑稽，希斯罗则即刻答道："真
是愚蠢的问题。你知道我是为什么才来到这座岛上的。"

　　"为了保护莱泽女士。换言之，你必须把握海贼岛的所有危险要
素，是吗？真是一位可靠的骑士呢！"

　　说完，他也不再故弄玄虚，随意地把门打开了。

　　室内的灯光很是黯淡。

　　"以'儿童房'而言，这间屋子也太阴森了。"

　　希斯罗一边说着，一边准备进屋。这时，他突然停住了脚步，问
道："那是什么东西？"

他的目光完全锁定在房间中央的桌面上。

那里摆着一件诡异的物品，是一个皱皱巴巴的球体，无数根蠕动的紫线盘绕在它身上，仔细观察就会发现……

"怎么能说是'东西'呢？那好歹是个'人'哟。"

原来，那是一个屈膝团坐的人体，头部低垂，轻轻填满了躯干和膝盖之间的空隙，要不是颈部和腰部的关节略往外凸，看起来根本就是一个圆球。双臂仿佛两条绳子，从球体化的身子上垂下。

而且，这具肉体带着起伏，一会儿微微膨胀，一会儿轻轻收缩，明显还活着。

就连这位风之骑士也从未看到过这样的"人类"，而且在亲眼看到之前，他甚至没有感受到这个"人类"的气息。

"你用印象迷彩消除了他的气息？"希斯罗问道。

"是的，但不仅如此，他身上还施加了好几层防御咒语。这是后来被誉为'世界第一'的魔导师——尼加斯安格老师早年的'作品'。"

"……"

希斯罗说不出话来，他开始回想与海贼岛相关的各色谣言与传说，终于领悟了谜底，叹了一口气，道："原来如此……是这么一回事啊……"

这个"人类"是这间"儿童房"如今的主人，也是……

"他是这座索基马·杰斯塔尔斯的创始者——印加·穆甘杜一

世吧？"

希斯罗问道，随后再也说不出话来。

这名逍遥法外的"大人物"当年突然"消失"，真正的原因并非病死或遭人暗杀，而是以这种异样的姿态存活在此。

三世开始说明："是的，二世没有杀死自己的首领，夺取组织。他只是一世忠实的仆人，或者说，是一世的'忠犬'。一世曾经试图将这些防御纹章文在身上，但结果失败了，成了这副样子，二世便始终守护着他，甚至还建立了这座海贼岛，为的就是把他藏在岛中。"

他两手大张，示意整座岛都是这个用途。

希斯罗一下子抬起头，看向墙外的大船。

"真相就是这样。这里本质上不是赌场，也不是为了巩固组织在世界上的地位而设立的据点，其实单纯是用来保护一个人的。二世一心想守住这个秘密，就利用了所有的谣言和传说。但这里真的只是一间'儿童房'。"

三世说着，露出了嘲讽的微笑。

希斯罗再次看向"一世"。

不知是否因为呼吸，他的身体还在微微地舒张和收缩。全身上下的紫线大概就是防御咒文，但它们的形状和粗细不一，又很不安稳，摇摆不定的，仿佛这些线条本身就是一种生物。

三世对着"一世"伸出手，就在即将碰到他的瞬间，火花激烈地迸发了出来，还夹杂着"滋滋"声。

这是咒文的作用——只要有人靠近，咒文就会自动生效，攻击对方，不过效果过于猛烈，就连宿主自身也被吞噬了。它在某种意义上不断破坏着宿主的正常生理活动，又予以再生，如此循环不止。魔导师一度想把破坏功能排除出去，却弄得连再生功能都发生了异常，事态终于到了不能挽回的地步。

"穆甘杜一世是世上最伟大的人之一，他成立了能与世间的一切做斗争的犯罪组织，又劫持了海军，成为海贼。最终，他那不屈的斗志便发展成了这种结果。"

三世的手指与"一世"保持着临界距离，一边避免咒语全面发动，一边用指尖描摹着那些妖冶的纹理。

"他还有意识吗？"希斯罗问道。

"不知道，我没确认过。他不需要进食，不会排泄，好像也不用喘气，但还活着，或许将永远以这种状态存活下去。"

"你没有为他治疗？"

"治不了。毕竟这是异常强大的防御咒语，会把一切魔法都弹开。二世已经努力做了种种尝试，然而，就连为一世文上咒语的尼加斯安格老师本人都解决不了。"

三世耸了耸肩。

希斯罗抬起头来，看向三世，问道："为什么告诉我这个……"

他当然会有疑问，因为这个秘密关系到海贼岛的根基，更何况，要是被世人知道穆甘杜一世还活着，那么海贼岛的支配权归属问题必将引发混乱，敌对组织也绝对会趁机一起进攻。

"唉，反正你得知道这里的一切，不是吗？"

三世的态度仿佛在开玩笑，可希斯罗还是紧盯着他，目光如炬。

三世的表情没有任何波澜，堪称平静，随后突然改变了话题，说道："那个戴面具的战地调停士似乎很看重你，甚至想让你成为世界之王，对吧？"

"……什么？"

风之骑士对三世的话感到不解，三世便换了一种说法，道："我从以前就开始注意七海联盟的战地调停士们了……也可以说，是把他们看作危险的存在，其中尤其需要留意的是米拉·基拉尔那对孪生姐弟和那个戴面具的ED。我总觉得，你大概是ED唯一信任的人。

"理由我大致猜得到。因为无论多么扭曲的人，都会不知不觉地认同你。即使你什么都没说，你的意志也能够说服他们，让他们想起早已沉睡在内心深处的东西。你就是有着这样的本领。所以我也可以安心把一切都托付给你。"

"托付？"

"是的。如果我发生了万一，希望你能帮我了结了'它'。"

三世说着，指了指"一世"。

"……你是什么意思？"

希斯罗的表情越发严肃，追问道："你到底想做什么？"

三世没有回答，话锋一转，说起了别的："只要把这里的'一世'带出去给人看看，这座岛的支配权很快便会属于你了。之后就随你处理吧。要是你觉得合适，把这里交给那个戴面具的战地调停士也没问题。"

"喂！"

希斯罗无法保持冷静，有些粗暴地抓住了三世的双肩，三世却没有挥开他，只管静静地看着他的手，随后回望着他的双眼。这令他再也克制不住焦躁，尖锐地问道："你在盘算什么？"

"嗯……盘算着——至少别给利斯卡瑟女士添麻烦。"

三世又搬出了那副恶作剧般的口吻。

"……"

见希斯罗说不出话，三世"嗤嗤"地笑了出来。

"她非常出色。我从没见到过像她这么聪明而富有魅力的女性，你呢？"

"……你想表达什么？"

"我在想，你在她面前时真的是一位完美的骑士，是不是把她当作自己的女王了……"

他的话听起来总带着些嘲讽。

希斯罗理解不了他，但只有一点是可以确定的——印加·穆甘杜三世，绝对不会乖乖地听从他人的指示，绝对不会受人摆布！

也正是在此刻，这一想法化为了确信，深深烙印在希斯罗的心中。

**4**

　　"莫罗先生，没人知道夜壬琥公主的真实想法，我们也只能靠猜测了。"ED静静地对我解释道，"但是，她绝对拥有强烈的自我，或者可以说，她的灵魂从不屈服。所以，世间的一切想必都不称她的意吧。她无法忍受因为生病而被人同情，这才隐瞒了事实。而且我觉得啊，与其说她是讲不出口，倒不如说她是心里窝火，不屑于把病情告诉'俗人'。

　　"至于她对抗命运的手段嘛，就是宁可自杀也不愿病死。但她那虚荣的性格却又造成了问题——她不能允许自己死得随随便便，也不能容忍别人胡乱检查她的遗体。于是她很烦恼，心想着有没有什么好方法。包括她在落日宫时成天读书，八成也是为了寻找理想的死法。

　　"在旁人眼里，她的生活是那么优雅，可实际上肯定很焦虑。眼看着病情越来越重，却还没想到好法子……所以，她频繁地来到这座庭院里，说不定也不单是为了散步，而是受到了某种冲动的驱使，心想着索性直接从这里跳下去吧……"

　　ED低头看向庭院下方的大海，继续着自己的推理。

　　"就在这个当口，'天启'突然降临了——当然，她需要的关键人物其实早就在落日宫里了，只是她看不起任何人，因此也没有注意到那家伙。没错，她正是在遇到萨哈连·史奇拉斯塔斯时，得到了那份属于她的'天启'。

"得知史奇拉斯塔斯的才能之后，公主她无疑会陷入狂喜，想着自己要的就是这个！一旦被封印在水晶里，给世人留下的印象便比所有人都强烈，而且也没有任何人猜得到她真正的烦恼！但就算史奇拉斯塔斯是大艺术家，当时的他充其量不过是个热衷于赚钱和泡妞的俗物，即使要求他把自己包裹在水晶里杀死，他也不会听从。更何况公主只对他的技术感兴趣，压根儿不会考虑把秘密告诉他。因为他要是听到实话，只可能说出一些在她看来纯属侮辱的扫兴台词，诸如——'真是太可怜了，我愿代你受苦'等。总之，她必须慎重行事，首先要做的就是避免立刻接近他，让他焦虑才更有效。"

"'我好想看看她隐藏起来的真面目啊'。"我回想起了史奇拉斯塔斯说过的话。

"在史奇拉斯塔斯说出想要了解真实的她之前，夜壬琥公主只是冷淡地对待他，却不完全拒绝。而当他觉得还差'最后一击'就能拿下美人芳心时，公主又突然一反常态，于是便有了之前他们在晚餐会上争论的那一幕。史奇拉斯塔斯紧逼着她，说她的等待毫无意义，她就看准这一时机，回答道——'你总有一天会明白的。任何人都在等待着无可避免的命运'。其实她的话也没错，她的命运确实无可避免。可史奇拉斯塔斯当然想象不到这一切，只会单方面地认为她顽固不化。考虑到大部分女性都不擅长应付强势的'进攻'，他照例发挥了自己'厚脸皮'的优势，可惜他这次不仅挑错了死缠烂打的对象，还偏偏是对命不久矣的夜壬琥公主说'人应该凭借自己的意志去开拓人生'……"

ED无可奈何地两手一摊，又往下说："就在这一刻，他的命运即成了定局。夜壬琥公主是对'命运'感悟最深的人，没人能辩赢她。她成功扭转了局面，让这位艺术家在众人面前被驳倒，丢了很大的脸，而他对公主的喜爱自然也变成了百倍的憎恨。至此，准备工作已经全部完成。"

ED卖了个关子，停顿了一会儿，凝视着我的双眼，重新开了口："接下来，夜壬琥公主消失了，而'基里拉杰'出现了。她提前准备了信件，表示拒绝与他见面。如此一来，便能以'基里拉杰'的身份，若无其事地在焦躁的史奇拉斯塔斯面前晃悠。而史奇拉斯塔斯也火速'上钩'了。由于不知道真相，他咄咄逼人地对'基里拉杰'说——'你难道有什么独特的过人之处？那我倒是想拜见一次呢'！有个当时刚好在现场的贵族也作证了，表示他的确说了这些话。"

"嗯，是啊。"

我点点头，ED也同样颔首道："这句话绝对称不上措辞高雅，不过其中却蕴藏着公主之死的全部秘密。"

ED别有深意地说着，同时又开始轻叩他的面具。

"史奇拉斯塔斯是个自我中心的人，认为世上没有谁比自己更优秀，并以此为傲。这样的人一般都觉得，别人肯定会和自己抱着相同的感受。尽管他非常喜好女色，可是吧……"

ED露出了微笑，仿佛对某事大为吃惊。他接着道："他对女性的爱非常'现实'。说得再直白一些，就是他仅仅把女性当成宣泄情感的'工具'，毫无顾虑地认定她们是供自己使用的美丽'物品'。当然，我不知道他如今是怎么想的，至少当时，他觉得女性都很愚蠢，只要随便吹捧一下就能对他言听计从。他追求女性，实质上是在狩猎，是在品尝名为'女性'的猎物。那么，对于'猎人'而言，最难忍的是什么呢？你怎么看？"

"猎物逃跑？"

"不，是自己即将到手的猎物被人抢走。"

ED得意地下了断言。

"在史奇拉斯塔斯眼里，自己就遇到了这个问题——他即将'攻陷'夜壬琥公主，眼前的古怪男人却突然横刀夺爱，这让他怒火中烧。可由于他'狩猎'范围实在太广，总免不了和其他猎艳高手看上同一位女士，所以他应该不是第一次与人竞争。而每当这种时候，他绝对会把自己最不爽的事项施加在对手身上。夜壬琥公主八成从某处听说过这一点，便巧妙地加以利用。"

"难道……"

"没错，他会让对手也无法尝到'猎物'的滋味。我原本一直琢磨着，女性在他眼里到底是什么东西，结果就大致想象出了他那令人毛骨悚然的做法——他会用水晶包裹住竞争对手的部分器官，让它一时之间失去功能，从而使对手身体不适。虽说通常情况下，只要通过适当的魔导治疗就能恢复，然而这总得花费时间精力，好不容易酝酿好的兴致便彻底没影了。"

ED冷静而淡然地陈述着自己的推理："他和之前一样，对'基里拉杰'用了这一招——先是接近对手，口出恶言，随后施咒。不过，这次的对手恰恰是乔装的夜壬琥公主本人。他的本意是让咒语在'基里拉杰'与公主相见并准备进一步发展时发动，搅黄他们的美事。但遗憾的是，对手是公主，是一名女性，他的咒语只能凭空发挥作用。同时，公主叠加了让魔法延时生效的咒语。你也知道这种咒语吧？"

"这道菜是怎么做出来的呀？"

"得提前对食材使用咒文。"

"魔法吗？请问，要用到哪种咒语？"

"是让加热咒延迟生效的咒文。一旦用上，燃烧速度就会比平时慢上许多。厨师只需对内馅施加这种咒文，即能使它持续处在加热状态，直至烤出焦痕，同时确保外部的奶油始终柔软。"

"咒语的用途真的很丰富呢。"

回想起之前和夜壬琥公主的对话，我沉默了。

"史奇拉斯塔斯的咒语独一无二，也无法用咒符来储存，但是让它延时生效以及扩大效果却不难。说到这一步，后续也不用我再讲了吧？"

"……您不解释下去了？"

听我这么问，ED的鼻中轻轻哼了一声，结果还是用手指叩着面具说："还用得着解释吗？'基里拉杰'悄悄回到房间，卸除了伪装，变回了公主的样子，接着摆出最美丽的姿势，美得足以让看到的人都感到震撼。等到这时，延迟魔法才被解除。而下一瞬间，那座世界第一的秘宝就顺利完成了。到此为止，还剩唯一一个问题没弄清，那就是——夜壬琥公主到底是不是一个人实施了全部的计划。当'基里拉杰'到访时，尼托拉・利托拉经理去找公主询问情况，结果从门缝中收到了公主递出来的信。即是说，当时她的房间里有人，肯定是她偷偷带进房内，暂时顶替她的。她有'共犯'！不然，她可没法完成这整个计划。不过，这位公主特别难以取悦，到底是谁入了她的眼，'有幸'成为她的共犯呢？"

"……"

"她选人的条件还挺复杂的。首先，对方要和她一样聪明。她只愿把自己的秘密透露给这样的人。而且对方得与她非常亲密。因为这里弥漫着颓废的气氛，她在其中非常醒目，所以她选择的人，肯定是能从那群不负责任的贵族之中脱颖而出的。要是对方了解史奇拉斯塔斯的动向，那就更理想了……好了，落日宫里到底有这样的人物吗？"

ED微微笑了，又自顾自地说道："在这个舞台上，只有一个人符合上述条件。那个人之所以来这里，既不是为了消遣，也不是出于爱好，而是受人邀请……"

　　他锐利的视线聚焦在一点上，从方才起，整个人就一动不动。

　　他凝视着我，静静地宣告道："她选中的那个人，就是你——卡西亚斯·莫罗先生。"

# 第七章 败北

the man
in pirate's
island

没人知道事情的起源和真相。

夜壬琥公主在年仅十二岁时，察觉到了自己身上的异常。

她全身都出现了一种类似麻痹的感觉，明明没有发烧，症状却如同低热一般，成天懒洋洋的，头脑中也总像是嵌着一团温热的东西。

当时，圣波浪兰公国的王室一片混乱，先王出了丑闻，部分军队闯入王城做了临时处置。这虽和日后真拟利根将军篡夺统治实权一事息息相关，但夜壬琥公主并没有特别忠于王室。毕竟她是先王和娼妓生下的孩子，名义上确实是现任王爷的侄女，实际上却被当成"包袱"对待。

而她患上了未知的疾病，再加上先王的风评极差，这样下去很可能让一族所有相关人士对她产生莫名的偏见，于是她的监护者们选择不公开她的病情，就连王族的其他成员都不知道这件事。她真的被舍弃了。偷偷为她诊断的"地下医生"说，她之所以得病，不能排除诅咒或邪物作祟等原因。尽管不知道原本遭到诅咒的是她的祖父母还是父母，但他们身上的诅咒甚至波及了她。她活不了太久。

因此，从某种意义上而言，从她出生的那一刻起，她就是被命运所抛弃的败北者。

她的人生不存在任何指望，周围的人都一味遵循着无聊的方针，压制着她，她得不到救赎，亦没有希望可言。

即便如此，不，或许该说正因如此，她的容貌十分惊艳。

在王室全员眼里，她很明显是个麻烦，可他们却始终没有将她流放，理由只有一个——美丽的她是为王室添彩的"饰品"之一。

所以，她很清楚自己有多美。

旁人对此给出了各种解释，认为维持并进一步提升美貌是她存在的意义，可她本人的想法很简单——因为自己没有别的事可做。

不过，她偶尔也会独自去王城外闲逛。有一次，王族成员们因为参加游行会而外出了，没人管她，也没人会责备她，她便去王城附近的小城走了走。

她穿着斗篷，用兜帽把脸遮得严严实实，徜徉在港口。那天风很大，一直摁着兜帽相当麻烦，她索性把脸露了出来。

反正周围没有人，"大胆"一回应该也无妨。

海风抚摸着她的脸颊，港口停靠着几艘船，不过每一艘都安安静静、死气沉沉。她有气无力地漫步在这空旷的海港上。

——啊。

她注意到前方出现了一名女性的身影。

对方和她一样，没有带人，只是孤身站在那里。

——她是谁？

那名女性紧盯着海面，眼神锐利。

不知为何，夜壬琥公主注视着她，根本移不开目光。

很快，对方也注意到了她，便转头看向她，问道："这位漂亮的小姐，有事找我？"

"请，请问……"夜壬琥公主有些不解，尝试着反问道，"这片海上有你的回忆吗？"

"……你为什么这么想？"

"因为你的眼神很复杂。"

听到这么直白的话语，女性稍稍瞪大了眼睛，似乎略为惊讶，但马上就微笑了起来，温和地说道："呵呵……是呀，很复杂呢……这片海是我父亲事业的起点……一切都是从这座港口开始的……"

"事业？"

公主问道，对方则露出了一抹苦笑，回答说："是非法犯罪活动哦。他欺骗了海贼，然后讨伐他们，接着夺取了整个海贼组织……那时候，他的组织还没有迁移到这里来，只是在边境的一个小港口活动……"

她的目光变得很悠远。

"令尊是坏人呀？"

夜壬琥公主有些敷衍，可对方点了点头，应道："是啊，他真的是个坏人，特别坏……他也罢，我也罢，都坏得无可救药……"

"挺好的，我还想当坏人呢。"

看到她这么呆呆地表示羡慕，那名女性反而笑了出来，问道：

"你想当个玩弄人心的坏女人？"

她轻轻摇了摇头，说："变坏就行了。可以不用做'正确的事'。就算被世人在背后指指点点，也可以一辈子都若无其事地对别人的不幸说'活该'……这种死法真是太理想了。"

这番话非常坦率，没有任何顾虑。她从未像这样对别人说过真心话。

对方静静地注视着她，接着小声道："你是认真的？"

听对方问得直接，夜壬琥公主也毫不犹豫地点了点头，于是女性凝视着她，宛如在看着过去的自己，开口说："既然这样，我能给你一句建议吗？听好了——如果你对全世界的人都不满，想要做些什么，好让一切都陷入混乱，那就在跟'海贼'有关的地方干。"

"'海贼'？他们在哪里？"

"哪里都有。包括那些看似和海贼没有直接关系的地方。比如这阵子刚开业的度假酒店——'落日宫'，反正那类设施遍及世界各地。"

"在那里'干'的话，又会怎么样呢？"

"你肯定会因为你犯下的事而留名。之后，那孩子就会把事态扩大，甚至在全世界引发大骚乱。绝对会的。"

她的眼神相当沉郁，却还是下了断言："总之，你将变成传说，而那孩子……我不知道他将得到什么，也不想知道，不过那些都与你无关。"

夜壬琥公主并不好奇对方为什么知道这些，然而对方向她指了一条明路，这就足够了。

"你也输了吗？"她问道。

那名女子的嘴角牵扯出了一个寂寞的微笑，摇了摇头，说："漂亮的小姐啊，我其实没有经历过真正意义上的战斗，所以也谈不上输。你还是祈祷自己别变得像我一样吧。"

——没人知道事情的起源和真相。

人们总是抱着一知半解的态度，凡事不愿深想。而每当人们终于意识到事态的严重性时，又总是为时已晚。

远处传来了海浪的声音。

我又一次感到，眼前这个戴着面具的男人果然不好对付，想要骗过他是不可能的。

"你还有什么要说的吗？"

ED当面揭穿了我，但语气依然傻呵呵的。

"因为我觉得自己有责任。毕竟是我把夜壬琥公主和史奇拉斯塔斯牵扯到一起的。要是不知道史奇拉斯塔斯的技术，公主未必会想出这样的计划。"

我横下心来，如实地描述着自己的心情。

"但那是迟早的事。就算不利用史奇拉斯塔斯，她也会通过别的方法贯彻自己的初衷。"ED有些敷衍，继续道，"我更感兴趣的是，她是如何与你商量的。"

"很遗憾，她没有用美貌来诱惑我。我们只是做了极为务实的沟通。说真的，在我听到她的秘密时，并不觉得震惊。"

"你只觉得，如果是她的话，这样的处境也不奇怪，对吧？"

"嗯。所以她向我求助时，我找不到拒绝的理由，这是我的真心话。反正我对史奇拉斯塔斯也没什么好感。"

我苦笑着说道，可ED脸上却没有笑容。他的双眼透过面具直视着我，仿佛要将我的眼神彻底看穿。

"'找不到拒绝的理由'？你不认为这很危险吗？协助自杀是不得了的犯罪行为哦，要是暴露了，不知道会受到怎样的裁决呢。更何况你还是七海联盟的骨干候选人，前途光明。为什么不惜放弃这样的未来也要帮她？"

"我同情她，不行吗？"

听我这么说，ED咂舌道："夜壬琥公主最讨厌的就是被人同情。那些给予她廉价的同情的人，是绝对不会被她选上的。"

他的口气并不强硬，却充斥着不容抵赖的强势。

"……"

我稍微沉默了一会儿，随后反问他："话说，您什么时候知道我也是参与者之一的？您在落日宫期间，我们明明都是一起行动的，但我实在不明白，您是在何时掌握了真相？"

这也是我真心感到不解的地方。ED一脸无所谓的样子，答道："这个嘛……我在问你对'基里拉杰'的印象时，你回答得太干脆了。"

"啊？"

"当时，我向你和尼托拉经理打听'基里拉杰'是个怎样的人，经理坦率地说他给人的印象很模糊，你还记得吧？而你的回答则是——'我的感觉和尼托拉先生差不多'。别人倒也罢了，你怎么会给出这种答案？你本该用自己擅长的'味觉描述法'，说他是个'又苦又甜的人'等等。所以在你采用了这种中规中矩的说法，避免麻烦的那一刻，我就知道你有事瞒着我了。"

我只得再次苦笑着说："哎呀，您这么滴水不漏，我真是败给您了。"

ED却微微地摇了摇头，开口道："其实我早就注意到了，你对我抱着戒心。"

"此话怎讲？"

"我一开始就跟你说过了吧，我们很了解你，提前调查过你。说到底，你明白我们七海联盟为什么指定要在落日宫对你做审查吗？"

"……"

"莫罗先生啊，这里有海贼岛做后台，但凡稍微有点眼力见的人都清楚这一点。当你听说这里是面试场地时，你有什么感想？"

"……"

我无话可说，ED突然抛出了一句不明所以的话："我们总是晚一步。在我们察觉到不对劲的时候，事态已经把周围的人都卷了进去。而前提也都是既定的。我们出生之前，就已注定了太多太多无可挽回的事，我们总是一次次地重复着过去的错误，认为没有其他办法，于是将错就错，任凭与未来息息相关的过失越积越多。"

"……"

"你来到这里时，那些贵族住客问过你一些问题吧？比如'你以前经历过什么'，那时候，你是怎么回答的？'我父母是普通的家具工匠。而且他们都已经不在了''听说我祖父是边境的战士，年纪轻轻便去世了'，对吗？"

"……"

"海贼岛始于一座边境的小港口，穆甘杜一世的组织突袭了希尔多斯军，不过在那次行动中，牺牲的可不止希尔多斯军的人。根据相关资料记录，一名边境警备队的战士正好在那里执勤，结果也受到牵连，失去了性命。他叫作克诺克斯，就是你的祖父——克诺克斯·莫罗。"

"……"

我继续沉默着，ED也继续平静地说着："谁都不记得了，包括那些海贼也忙于自己的活计，忘了曾被自己随手杀死的个别人。不过那对你的家族来说，就是不可挽回的重大灾难了。海贼明显是你的'仇人'。我们想要了解的，其实就是——你在面对海贼时会怎么做。"

ED直视着我，而我也回望着他。

随即，他用没有抑扬顿挫的语调，不留任何情面地问道："夜壬琥公主的离奇死亡将让海贼岛陷入极大的困境，连海贼组织的存续都岌岌可危。我们有必要知道背后的原因。如今，夜壬琥公主的目的已经实现了，剩下的只有你——你的目的究竟是什么？"

我没有将视线从ED身上移开。这一刻，我似乎本能地明白了他戴着面具的理由。

要不是靠着这副面具，他恐怕不能原谅这世上的所有人。

我将手伸入口袋，掏出了一只小小的雕像。

那是一只闪闪发光的水晶独角兽。

"这是什么？"ED问道。

"是史奇拉斯塔斯给我的，作为我帮他追求夜壬琥公主的报酬。"

"呵，他什么时候做了这个？"

听到这个问题，我再一次佩服他的聪明，便回答道："我想想……是在公主死前一周左右吧。也是他误打误撞把公主变成艺术品之前的最后一份作品。"

我用手指摆弄着这个小小的雕像。

"包裹着夜壬琥公主的水晶成为全世界最贵重的秘宝，甚至无法定价。不过，早它一步完成的作品嘛……"

"就有不得了的附加价值了吧？反正只要分析残留在这只雕像上的咒语，就能轻易证明它的具体制作时间。"

ED点点头，随即直击要害："你的目的是钱？"

我也点了点头，承认了："我好歹是个商人，总是很留意与市场价值有关的一切。虽然我也想过复仇，但我没料到海贼岛会参与到这么深的地步，反而有些不知所措了。"

我本以为史奇拉斯塔斯会迅速被捕，供认自己对'基里拉杰'下了咒语，共犯的事也就这么不了了之了。

"我觉得，能让海贼们遇上点麻烦事也不错，不过并不是真心想要复仇。说到底，我只是一介俗人，不会为了仇恨而疯狂，不像夜壬琥公主那样执着于世界和自身。"

我有些自嘲地说道。

然而，ED却一脸严肃，对着我点点头，说道："所以，这样就可以了吗？"

"什么？"

我吃了一惊，ED则淡然地继续道："莫罗先生，你很冷静。在这桩案件之中，你和每一方都存在关联，其中甚至涉及私人的问题，然而你却与他们都保持着微妙的距离，可又不是毫不关心，只是认准了自己的立场和利益而行动。这不是轻易能办到的事。通常说来，人都会在某处用力过猛，又或者对琐事过度纠结，导致看不清全局。要想站在两股对立的势力之间，不与任何一方为友，也不与任何一方为敌，去平息纷争，几乎是不可能的。"

ED耸了耸肩，接着微笑着对我说道："你证明了自己没有一般人身上常见的缺点，到最后，即使我说出了对你不利的事实，你也没有动摇，全盘照收。现在，对你的审查已经结束了，恭喜你。"

他伸出手，示意与我握手。

"你已被认定成为七海联盟所属的特殊战略军师——第二十四名战地调停士。"

他的语气很干脆、直率，没有任何隐瞒。

"……"

我彻底无语了，随后战战兢兢地跟他握了手，问道："这样好吗？我多少也算是个犯罪者啊。"

"世上没有不犯罪的人。问题只是本人是否意识到自己有罪。"ED简洁地说道。

"可……可是您之后要怎么做？"

"什么也不做。事态已经远离落日宫了，事到如今，也没有我能做的了。"

ED很清醒，摇了摇头，继续道："唉，之后还得把真相告诉戴伊基军方，其实世上根本不存在'基里拉杰'那么一号人物。这样应该多少能减少他们的遗恨。"

我思考着自己主动踏入的那个世界。

那里是一片荒原，只受不抱任何希望的、赤裸裸的现实主义所支配，没有一丝甘甜，整个地表都仿佛被刺人的岩盐所覆盖。

我陷入了沉默，ED轻轻摇头道："正确说来，如果我们继续出手，那么会很危险。"

"嗯？"

"莫罗先生，幸好你没有真心考虑复仇。假如你企图直接对海贼做些什么，那么不只是你，就连七海联盟也会陷入危机。"

"这话怎么说？"

我不禁问道。ED却没有直接回答，而是自言自语般小声说道："那个男人真的很可怕。"

"您指谁？什么'很可怕'？"

ED依然不搭话，继续嘀咕着："在他看来，这肯定是一件偶发事件，但他等待着的，恰恰就是他自己也无法预料的偶发事件啊……"

他再次望向了大海。

"不可能预测到的。莫罗先生，你被七海联盟叫到了落日宫，夜壬琥公主和史奇拉斯塔斯则是自己决定长住在这里的。没有任何人把你们凑在一起，结果却让全世界的目光集中在了海贼岛上。一系列的'偶然'相互叠加，造成了眼下的局面，就连'落日宫'这个案发地点都是'偶然'。可是……"

波光是那样的强烈而璀璨，在海面的反射之下，光线也打在了ED的面具上。

"可是，落日宫里的住客们都抱着'不定时炸弹'，只要世上有这种地方，那就必然会出现'偶然'事件，他当然能料到会发生'预料之外'的问题。"

他的声音中带着苦闷，活像是在赌博中输了大钱的破产者。

"尽管我并不想去琢磨他到底在等什么，但接下来，无论我们愿意与否，都得在一旁看着那家伙吧。"

"利斯卡瑟上尉！出大事了！"

重重的敲门声和格奥尔松的悲鸣声同时响起。

我没换衣服，直接躺在床上，闻声便立刻跳了起来，而守在边上的希斯罗厉声质问到底发生什么了。

"船！船——"

格奥尔松的话没头没尾的，但声音中满是迫切。我和希斯罗对视了一眼，立即飞奔了出去。

"怎么了？"

"请……请跟我过来！"

他带着我们，快步走向了船内。

才经过一条过道，前方就大为喧闹。

走廊上拥挤不堪。由于戴伊基军的包围，住客们被迫停留在海贼岛上，只能窝在房间里。而眼下，他们一起涌了出来，一边各自叫嚷，一边相互推搡。

"戴伊基军很快就要攻过来了！"

"只能趁现在快逃了啊！"

"让开！你们这群混账都给老子让开！"

"钱！我给你们钱！快让我出去——"

现场完全陷入了恐慌。

"这……是什么情况？"

我都快说不出话了，可从格奥尔松的表情上看，这似乎还不是真正的大事。

"每间房间的门锁突然都开了，待在里面的客人们全跑了出来，但现在还有个更严重的问题——"

他嘴上脚下都不停，继续往前赶。

我和希斯罗别无他法，只能赶紧跟上。

很快，我们就来到了甲板上，只见这里也乱了套。我们不断拨开人群，总算是赶到了两艘船的连接处，那里已经空空荡荡的了。

"海帕斯达利卡"号原本是用于炮击战的重装舰，可以容纳的人数并不算多，之所以将它安排在最边上，是因为它的外观粗重，来客第一眼就会看到它，从而感受到强大的魄力。

而即使这艘船上的人员数量有限，眼下好像也一股脑涌到别的船上去了，这才造成了混乱。

我惊讶地发现，连接处的另一头有两个男人。

其中一人是史奇拉斯塔斯。他瘫坐在甲板上，茫然地看向天空，视线飘忽不定。另一个男人则揪着他的领口。

"海帕斯达利卡"号上的人无疑就是被他赶走的。

"穆甘杜三世！你到底在干什么？"

我向他大叫道，同时打算冲过去，可连接处布着肉眼看不见的结界，无论如何都无法通过。

"哦，是利斯卡瑟女士啊。"

三世神色平静，转头看向我，装傻似的应道："你来得正好，我想请教你一点事呢。"

我怎么都冷静不下来，抢先反问道："为什么把人都转移走了？"

他笑而不答，接着问道："利斯卡瑟女士，有个问题我始终想不明白。"

听他擅自说着和我的问题无关的话，我终于生气了，大声怒吼道："请先回答我的问题！你这是准备做什么？"

他的表情一点起伏都没有，只是说了一句："我想请教你，关于我父亲——尼逊·穆甘杜二世的问题。"

结果，附近的所有人（包括我在内）一下子全都沉默了。

没错，世间一直有谣传说，穆甘杜一族的每一代都暗杀了上一代的首领，夺权篡位。

三世看穿了我们的动摇，于是说出了一项惊人的事实："二世不是我杀的，但我确实没有救他。"

我们无言以对，他则继续道："在他临死的时候，我当着他的面，命令部下去干别的事。也就是说，我放弃了他，优先选择了维护组织的安定。说真的，我完全不觉得自己有哪里不对。"

他淡淡地叙述着，我从中找不出任何感情。

"只不过，在我问他的遗言时，他不知为何，什么都不说，脸上的表情好像是在笑。我无论如何都不理解，他的沉默究竟包含着怎样的意义。"

他依然抓着史奇拉斯塔斯的衣领不放，无奈地摇了摇头。

我实在猜不透他的真实想法，只得闭紧嘴巴。

"利斯卡瑟女士，你明白他为什么笑吗？"三世直视着我，询问道。

"这……"

我很困惑，不知道他这到底唱的是哪一出，索性把心一横，反问道："你在测试我？"

"欸？"

这下轮到三世吃惊了，他瞪大了眼睛，解释道："此话怎讲？我只是在问你问题啊。"

我轻轻皱了皱眉，声音中带着苦涩，无奈地答道："因为答案不是明摆着的吗？你的父亲在临终前看到你来了，便松了一口气。"

"……啊？"

三世一下子愣了。他身为海贼首领，手握可怕的权力，我从未见他露出过这种呆滞的表情。

"道理真的很简单。就是说，他被人暗算，走到了生命的终点，而你面对重伤的父亲，也没有受到打击，依然冷静地处理着一切。他觉得你非常可靠，肯定马上就能重振组织，这让他特别安心，所以笑了。"

其中根本没有任何神秘之处，连小孩子都能明白。

然而，三世却说不出话来。

他脸上的肌肉都在抽搐，下一瞬间，他仰天狂笑了起来。

"啊哈哈哈哈哈哈哈哈哈哈哈哈哈！这……这算什么？居然有这种蠢事！啊哈哈哈哈哈哈哈哈哈哈哈哈哈哈哈哈！"

他大笑不止，笑得整个人都在颤抖。

然而，我完全不懂这有什么好笑的。

我们全都大惊失色，他则无视了我们所有人，发出"呜呵"的呻吟声。

随后，他面带笑容，用空着的那只手"啪"地打了一个响指。

下一刻，随着"咔咚"的一声钝响，"海帕斯达利卡"号与海贼岛相连接的部分突然就松开了。

接着，已经提前收了锚的"海帕斯达利卡"号顺着海流，漂离了出去。

我之前在会议上提议说，放出一艘船，让戴伊基军击沉它，还指出了那艘船该往哪驶。而"海帕斯达利卡"号现在正朝着那个方向漂去。

"等……等一下！"

我急忙跑了起来，追着三世和史奇拉斯塔斯。

三世飞快地瞥了我一眼，极为痛快地说道："好嘞——我会不会输一次呢？"

"史奇拉斯塔斯，你有什么野心？"

"海帕斯达利卡"号上已经没有别人了，三世便对这位艺术家提问道。

"……"

史奇拉斯塔斯没有回答，只是嘀嘀咕咕地自言自语着。

三世一路拖着他，不久后就来到了船头。


眼前是一片辽阔无边的大海。

海平线上模模糊糊地分布着一些小点，是戴伊基军的战舰。"海帕斯达利卡"号径直朝着他们所在的方向前进，尽管没人掌舵，但三世似乎可以凭借意志，自由地操作船只。

随着"海帕斯达利卡"号越驶越近，戴伊基军的战舰也开始有了反应，完全打乱了通常的阵型。

但是，那并非迎击的态势。要是从上空俯瞰，就会发现它们摆出了一个巨大的魔法阵——正是能让整座海贼岛都灰飞烟灭的"多重怨恨炮"的进攻姿态。

看来戴伊基军没有任何犹豫，打算使出最强大的武器，一击粉碎"海帕斯达利卡"号。

每一艘战舰上放射出的光束，都在往正中央的那艘战舰上聚集，汇聚起来的光球越来越亮，越来越刺眼。

见此情景，三世的表情依然沉静，朝着瘫坐在自己身后的男人问道："听说，你创作出了全世界最优秀的艺术品，那就是你的野心吗？"

"我……我……"史奇拉斯塔斯终于颤声开了口，"我很害怕……"

"怕什么？"

"我害怕恐怖的事……但不知道自己为什么害怕，才是最可怕的……所以我……我想让'恐怖'成为自己的东西！"

他的声音很小，小到几不可闻，可已经把意思表达得很明确。于是三世点了点头，说道："我明白了，真是宏大的野心啊！"

史奇拉斯塔斯闻言，抬头看向三世，接着轻轻地反问道：

"你……你呢？你……有什么野心？"

"我？我嘛——"

他俩还在对话，而前方的戴伊基军旗舰已经收集了大量的光。突然间，光球绽放出耀眼的强光，而下一秒又转为黑暗。

巨大的漆黑球体仿佛吸收了周围所有的光芒，这就是"多重怨恨炮"开到最大火力时出现的"无明弹头"。

弹头缓缓离开了舰身，飘在上空。

三世凝视着它，露出了少年人一般纯真的表情，低声继续说道："我想要知道自己到底是什么。"

就在这个瞬间，戴伊基军发射了无明弹头。伴随着恐怖的黑暗质量，它飞向目标，瞬间就直接击中了"海帕斯达利卡"号。

刹那间，黑暗炸裂了开来，闪光如同被撕碎般化作一道道光带，胡乱四射，这惊人的冲击力甚至硬生生地劈开了海水，漩涡如龙卷风似的涌入空中，隆隆的巨响吹飞了所有的声音，教人什么都听不见。

\*

"已确认！炮弹直接命中目标！"

副官兴奋地向西比拉尼将军报告。

西比拉尼也深深颔首，嘴角露出了满意的微笑："很好，连碎片都没剩下，完全消失了，就像蒸发一样。虽然不知道他们为何如此不识趣，只派一艘船出来，但这也正好给我们送来了一个靶子，让我们向世界展示我军的伟大和实力！"

战场现状的投影在他眼前浮现，他又叮嘱道："好好记录周围的状况，我们很少使用无明弹头，所以这会成为贵重的资料。"

"明白！我们正在做！"

剧烈爆炸的余波尚未消散，此情此景就呈现在投影的正中间。周围仿佛起了一层大雾，看不见具体的场面。

之后，大雾终于散去，一个剪影渐渐浮现出来。

戴伊基帝国的军人们定睛一看，全都惊讶得差点没把眼珠子瞪落出来。

"什么？！"

那个剪影正是"海帕斯达利卡"号！

"这……这不可能！"

西比拉尼大叫着，蹬开椅子就站了起来。

"怎……怎么回事？！"

"不……不知道啊，明明击中了！"

部下们也纷纷发出了悲鸣声。

他们凝神注视着船只，随后再次集体失语。

"海帕斯达利卡"号并非毫无损伤。它的船头已经完全溶解消失了，可一个人影就站在船体的最前方。

"他……他是……"

人影身后，一切安然无恙，仿佛所有的攻击都只到他为止，再也没有波及其他地方。真可谓是完美的防御。

*

"——呵。"

印加·穆甘杜三世看向原本是船头的地方，拍了拍沾在胸前的烟尘。他的衣服已经被轰得破破烂烂了，露出了满满一片魔法纹章。

"连无明弹头也照样能防住……不愧是尼加斯安格老师……做得太棒了……"

他若无其事地低语着，轻轻挥了挥手，同时开始将"海帕斯达利卡"号回撤——先接受一击，随后直接撤退，一切都按着莱泽·利斯卡瑟的建议而行。

史奇拉斯塔斯一句话都说不出来，由于他在三世的正后方，所以毫发无损。

他整个人都茫然失措，嘴唇颤抖不止。于是，三世用恶作剧般的口吻问道："怎么样？你把握住'恐怖'的感觉了吗？"

然而，这位艺术家已经没有余力作答。

\*

"……"

留在海贼岛上的我们全都说不出半个字。

失去了船头的"海帕斯达利卡"号回来了，但没有任何一个人为三世的归来而欢呼，迎接他的只有沉默与说不清道不明的畏惧。

唯独站在我身边的希斯罗还板着一张脸，似乎很吃惊："呵……只不过是出去做个自我介绍，居然还费这么大功夫。"

他的语气中甚至带着一丝不屑。世界之大，此时还能说出这种话的，大概也只有这位风之骑士了。

是的，全世界都目击了方才这番光景。但我无法想象，世人究竟会如何消化这一事实。

"嗨——利斯卡瑟女士！"

三世看清我之后，站在"海帕斯达利卡"号的甲板上，冲我挥了挥手。

我没法子，也只得小幅度朝他挥手。随后，他笑了，半开玩笑地说道："我已经按照你的指示做了，接下来该怎么办呢？"

他实在太过出人意料，我一再地吃惊、失语，如今终于连做出这些反应的力气都不剩了。

最后，我只是指了指他，略带敷衍地说道："接下来，请你先穿件衣服，可以吗？"

他全身的防御纹章都暴露在外，说句实话，他现在几乎一丝不挂。

"……啊，失礼了。"

令我没想到的是，这位海贼组织的首领，此刻整张脸都红透了。

"海贼岛事件"闭幕

# 解说——何谓"阴谋"

"怎么了，莱泽，为什么哭呀？"

"邦兹爷爷，人类真的好狡猾……我，我已经信不过任何人了……"

"哎呀，是在学校遇到不高兴的事了？和同学吵架了？"

"他们撒谎！好过分啊！明明大家都约好了，要全班一起去向老师提意见，结果谁也没来，我只好一个人去面对老师！"

"嗯，这确实过分。但我们莱泽太棒了，就算只有一个人，也坚持完成了自己的决定，真的很了不起哦！"

"这种事无所谓啦。我被老师瞪了，真糟糕。我绝不原谅他们。为什么大家都能轻轻松松地撒谎、伤害别人呢？为什么？"

"莱泽，虽然我绝对是站在你这边的，但其实也对你撒过好几次谎。"

"欸？这是什么意思？"

"而你也对我撒过好几次谎吧？我看出来了一部分，不过，肯定还有很多是我到现在都没识破的。"

"可……可是……"

"我知道，你并没有恶意。和你在学校里遇到的谎言不同。可撒谎就是撒谎，而世上充斥着谎言，甚至可以说，这个世界就是由谎言所驱动的。包括你也一样。"

"嗯？咦？什么？"

"班上的同学们想对老师提意见，却没有这个胆量，所以就利用了勇敢的你，在避免自己受到伤害的同时实现了目的。要是他们没撒谎，你这辈子都不会一个人跑到老师那里去吧？"

"说……说是这么说……但就是很狡猾嘛！"

"老师们也一样狡猾，不是吗？"

"嗯，特别气人！啊，您打算告诉我——'为了和狡猾的老师对抗，大家也只能狡猾起来'，是吗？这是歪理！可是……我以为大家会直接冲着老师发火，这一点也是不对的。我其实很清楚，我们只是想化解自己的不满，而不是想做正义的事。但我很不会看人，真的太难了。"

"莱泽，你的朋友也背叛了你，你恨他们吗？"

"哪有这么严重！只不过……还是会觉得麻烦呀。明天该用怎么样的表情见面呢？会不会被他们无视呢……我都犯愁了。爷爷，换作您遇到这种情况，您会怎么做？"

"问我吗？我不了解小女孩之间那种细腻的人际关系啊……"

"您是情报部门的军人，应该很熟悉这种阴谋吧？"

"哎哟……在你看来，国家之间的交涉就跟班上同学闹纠纷差不多？不过确实，反正大人和小孩子都是人类，做的事也没多大区别，本质几乎都是一样的，都热衷于琢磨如何能在不伤害自己的同时，去掠夺别人的利益。"

"简直像海贼似的！"

"嗯，海贼也是这样的。那些不负责任的吟游诗人成天在美化海贼的形象，什么大海代表着浪漫、骷髅旗象征着自由。实际上，若没有被掠夺者的苦难，掠夺者又何来荣耀可言！掠夺者们不事生产，只知道破坏别人的和平与安定，但遗憾的是，这种人占领了半个世界，其中还有一成左右的家伙获得了更进一步的成功，甚至独占了其余盗贼所抢来的'成果'。而在这一成的成功人士里，大部分人所依靠的又并非努力，而是阴谋。"

"难道不该是'胜者为王''弱肉强食'吗？"

"这些'规则'也是那帮海贼爱用的谎言。而从结果上看，世事总是处于某种平衡之中，在这一处有利，在其他地方就会产生不利。即使不断积蓄力量，等力量过于庞大，即会成为负担和累赘。因此状况是不断变化的，昨天的强大，到明天或许就会被认为一无是处，我们必须看透这些现象背后的原因和趋势。"

"嗯——这也和阴谋有关？"

"假设你能马上看透明天的变化，你会做些什么准备？"

"和平时一样不行吗？"

"海贼所采取的手段就是——不让别人做准备。可要是被对方知道自己正在准备，那么对方也将做出同样的事，所以他们总是藏起自己的本领，而这就是阴谋的本质——所谓'阴谋'，并非引导世界、操控他人的人生等，其本质仅仅只是'隐藏'。"

"呜哇，好狡猾！把事情都告诉大家，相互团结，绝对能更加顺利地解决问题！为什么不这么做？"

"遗憾的是，这种沟通合作的方式很难行得通。毕竟它的前提是——整个时代包含了多种具备发展前景的要素，所有人都有壮大势力和发财致富的机会，自己的成长发展比拉人下水更有价值。但这种情况在历史上很罕见，也很难评价当今时代究竟如何。"

"'很难行得通'，但可能性并不是零吧？那些坚持自己努力成长的人，对社会的发展做了很多贡献，他们是不可或缺的，对吧？"

"嗯。莱泽，你能意识到这一点，果然是个聪明的孩子。然而，我们得区分一个人属于哪一类。每个人都有着接近于'海贼'的一面。对人类而言，活在'掠夺'与'被掠夺'之间实在是再寻常不过了。谁也想象不出没有掠夺的世界，也正是因此，大家都不得不仰赖于'阴谋'。"

"仰赖？"

"是啊，也几乎可以说是'依赖'了。没有阴谋的话，便无法活得顺遂，但是能很轻松吧。比方说——你今天觉得同学们会一起行动，这才去找老师提意见了吧？虽然他们撒谎了，你原本却没有怀疑过那是谎话。为什么呢？"

"您问我'为什么'……这……"

"因为你打心底里相信着他们？倒也未必吧。是因为怀疑别人很麻烦。一旦起了疑心，就必须考虑各种东西。所以轻易地相信别人、陷入阴谋反而轻松。人类确实有着这样的本能。而实际上，直到你和老师面对面交流之前，你都没什么心理负担吧？可现实是严肃的，你也因此不得不扛起责任。"

"嗯，虽然我很懊恼，但爷爷您说得对。我太天真了，还粗心。要是您问我是不是很轻松，我的确没法自信地否认。"

"海贼就是这么乘虚而入的。他们利用了人人都想轻松快乐的心理，玩弄着对自己有利的阴谋。只不过，人类总有极限。世上不存在全知全能者，就连海贼们也无法正确预测自己的阴谋到底会给世界带去怎样的影响。随便制定计划，结果却偏离预期的情况也不少见。当然，那种情况下，绝大部分计划都会以失败而告终，但极其偶尔也会出现不可思议的结局。"

"总觉得像是在抽奖呢。"

"确实。而当诸如此类的'偶然'，和你刚才提到的自立之人的意志相结合，世界就会一步步向前迈进。它们相辅相成，若是少了其中之一，社会便不再有未来。"

"好深奥啊。嗯——反正，希望轻松快乐是人之常情，这种心情也是很重要的。即使无视它，也不代表自己就是个像样的人了，对吗？"

"哈哈，莱泽啊，你的理解力真的很棒，头脑也非常聪明，我小时候可远比不上你。每次听到哈莉卡公主和奥斯说些莫名其妙的话时，我都只顾着吃惊。你实在太优秀了。"

"爷爷，您和您的老相识们的故事就先放一下嘛，现在我的问题才更重要呢，我今后该怎么办才好啊？"

"哦，你说得对。你完全中了同学们的'阴谋'，还迫不得已照他们的意思找了老师。你还在为这件事生气吗？"

"这个嘛……气归气，可不管气上多久，我都不能进步。"

"大概吧。"

"但是，等我遇到那些撒谎的家伙，就算我说自己已经不生气了，那种紧张的气氛也不会消失吧……要是我摆出高姿态，反而会让他们反感。嗯……烦死了，既然他们对我撒谎，我也只能对他们撒谎了，就这么办吧！"

"哦嗬？"

"明天我先跟他们道歉，说不好意思，因为我很生老师的气，就擅自一个人去埋怨老师了，没有等大家集合。这样的话，就算是他们，也不会觉得自己做错了，肯定会接受我的'道歉'。"

"但这是谎话吧？和你真正的心情并不一样。"

"是啊，这是我的'阴谋'。不过没办法，毕竟我不想因为这种事跟闹得全班吵架……哼，真可恶！"

"莱泽，我有些在意……"

"在意什么？"

"你平时可不会为这些小事闷闷不乐啊，这不符合你的性格。为什么这次会如此在意周围的气氛呢?"

"我……我哪有在意……"

"而且你更不会逃回家一个人哭,应该是当场就和他们吵个明白呢。所以你真正在意的到底是什么?"

"您,您说什么……"

"说到底,你一般才不会来找我商量事情,要找也只会找学校里的好友。对了,你不找那个希斯君谈谈吗?"

"笨……笨蛋爷爷! 不行! 绝对不能把这事告诉他!"

"啊,我懂了。他要是知道你遇上了这种事,绝对会生很大的气,会为了你而不惜在班上树敌,一定要贯彻正义,是吧? 等事情发展到这一步,别说同学了,他甚至还会去找老师乃至学校方面表达不满,造成各种大问题。"

"……是的。"

"但他却根本不在乎自己惹上这些问题。"

"所以我才会烦恼嘛。"

"呵呵,亏我自以为是地说了那么多大道理,其实根本没有意义呢。你早就精通'阴谋'的使用方法啦,连海贼都要自叹不如。我也不必多操心了。"

"……"

# 后记——胜利与败北之间

当我听到普通人自称从未失败过时，虽然心头茫然，但抱着这种想法的人并不少见。大部分人总是侃侃而谈，说自己虽然在打"柏青哥"时把钱输光了，但不曾经历过重大的失败。而每每遇到这种情况，我都特别困惑。毕竟这怎么想都是在撒谎，是误解，当说出这种话时，此人绝对已经输了。至于输给了什么，那便是"胜利"本身。因为他们没有"获胜"过，也就不曾意识到"失败"；因为他们总是失败，也就不具备追求胜利的意志。要是把实话告诉他们，他们也只会惊讶地说："就算你说要'取胜'，可如今没有敌人啊，我们该去打倒什么？"

但我想先请各位解放想象力，不要过度拘泥于战争或体育赛事的"胜败"。诚然，"胜利"建立在其打败他人的基础上，可有道是"骄兵必败"，当他们成为胜利者的一刹那，事实上就注定了失败的结局。历史仿佛正是那一类人的展览会，而导致胜利最终走向灭亡的败因，也全都包含在当初制胜的成因之中。亚历山大大帝曾过度扩张领土，导致他无法将那么辽阔的国家维持下去；纳粹党借着最初的党派方针，在德国议会选举中取得大胜，拿到了半数以上的议席，可也正是这套方针，带他们径直走向了灭亡。任何国家都认定了要先赚取眼前的利益，结果却承担不起代价，泥足深陷。这或许在某种意义上也算是"赢得一局"，不过我果然还是会吐槽，这哪里称得上是"胜利"。真正的"胜利"应当是无悔的。无论它何时消失，都会让人觉得神清气爽。

不过，我也许只是在说些不切实际的事。大体上，"胜败"是极为原始的概念，是基于食肉动物捕食食草动物的"弱肉强食"原则而产生的，结果非生即死，没有空间供人悠然地畅谈"何谓真正的胜利"。确实，在我当年得到"新人奖"并作为小说家出道之前，也过得很不容易，多次投稿参赛，每一次都只记挂输赢……总之，当我打败众多参赛者，脱颖而出时，却没有丝毫"胜利"的感觉。因此，我不禁真心觉得，这算不上是胜利，而世间通常所说的"胜利"与"失败"都会面临这个问题——即在获胜之后，才会面对真正的难关。这实际上不过是个阶段性的问题，在现实生活中，这种"胜败"起不到什么作用。人们或许会说"胜利了也不能大意"这种话，或许在失败后也不会做小伏低，但不知为何，我还是有一种"我就是想赢，不想输"的心态。然而，若谈到我到底想赢过什么、不想输给什么，我的头脑又会变得模模糊糊的，完全不明白答案。

我也经常觉得，自己或许已经是个无法翻身的失败者了。其实不仅是我，别人大概也是一样。人类就是如此悲哀的存在，只要身为人类，就无论如何也不可能实现完美的幸福和绝对的胜利。而同时，人们又将"幸福"和"胜利"定义为"好东西"，认为它们的总量是固定的，为了尽可能地将它们带到自己的身边，便只能与他人相互争斗。他们隐约觉得，必须这么做，才能够获得胜利与幸福。取胜的方程式在这个世上只有一种，那就是"海贼守则"，即如何高效地从别人手里抢走财富，而此外的一切估计只是败犬的远吠罢了，根本不足为惧。

　　总之，说来说去，我也觉得这一切都只是在玩语言游戏。反过来说，"从没赢过"也正是因为"从没真正地输过"。不过，"真正意义上的失败"到底是什么，又到底有多么可怕呢？尽管我对此一无所知，世上却存在"历史"这一记录了"胜者没落"的载体，同时，受到了极大挫折的败者们也依然能一次次淡然地重新站起来，而非就此一蹶不振。这么看来，究竟哪一方才是真实的胜利者？而"真正意义上的胜利"又必然与胜者、败者相关吗？是否有可能存在着独立于它们之外的东西呢？所以，我们不妨再多做一些探索。也许我们永远都不会明白正确的取胜方式，可至少我们可以按着这样的方式而活；不管面对怎样的状况，迎来怎样的结局，都可以坚信自己"还没有输"。虽然我已经不知道自己在说什么了，不过是胜是败或许要到最后一刻方能见分晓。欸？我可能错了？唉，无所谓啦，反正我也没想着赢过你。今天便就此搁笔吧。

北京市版权局著作合同登记号：图字 01—2023—5305

**图书在版编目（CIP）数据**

海贼岛事件 /（日）上远野浩平著；邢利颉译 . --
北京：台海出版社，2024.3
　　ISBN 978-7-5168-3698-9

　　Ⅰ . ①海… Ⅱ . ①上… ②邢… Ⅲ . ①推理小说 – 日
本 – 现代 Ⅳ . ① I313.45

中国国家版本馆 CIP 数据核字 (2023) 第 223000 号

## 海贼岛事件

| | | | | |
|---|---|---|---|---|
| 著　　者：[日]上远野浩平 | | | 译　　者：邢利颉 | |

出 版 人：薛　原　　　　　　　　　　插画绘制：铃木康士
责任编辑：员晓博　　　　　　　　　　封面设计：MF 橙梦

出版发行：台海出版社
地　　址：北京市东城区景山东街 20 号　　邮政编码：100009
电　　话：010-64041652（发行、邮购）
传　　真：010-84045799（总编室）
网　　址：www.taimeng.org.cn/thcbs/default.htm
E - mail：thcbs@126.com

经　　销：全国各地新华书店
印　　刷：北京盛通印刷股份有限公司
本书如有破损、缺页、装订错误，请与本社联系调换

开　　本：880 毫米 ×1230 毫米　　　1/32
字　　数：201 千字　　　　　　　　　印　张：10
版　　次：2024 年 3 月第 1 次　　　　印　次：2024 年 3 月第 1 次印刷
书　　号：ISBN 978-7-5168-3698-9

定　　价：48.00 元